ダッシュエックス文庫

小柳さんと。

反響体X

1 小柳さんと17KB

「こっちだっていろいろ我慢《がまん》したのにさぁ。顔も合わさずポイとかどうなのよ」

振られ男の巻くクダなんてものはこの世で最も聞き流すべき言葉の一つだ、向かい合う同僚のうんざり顔にそう書いてあっても僕の愚痴《ぐち》は止まることはなかった。

そりゃあそうだろう。僕はしこたま酔っ払っていて、失恋直後なのだから。

そう、失恋だ。

新卒直後に職場で知り合った二つ上の先輩と彼此《かれこれ》3年。やることもやったしそれなりの関係を築けていると信じていたのに、昨日いきなり17KBに及ぶそれはそれは酷《ひど》い文句を連ねたお別れメールをいただき、さようなら。

「もーやだ、年上女だからって包容力あるとか絶対嘘《うそ》だね。年重ねてる分文句多いったらありゃしない」

「二つしか違わんだろ」

にべもなく一蹴《いっしゅう》して同僚は『今日はもう勘弁《かんべん》』と謂《い》わんばかりに席を立ち、気がつけば冬空の下。

明日は休みなんだから飲み明かすぐらい付き合ってくれればいいのにこれだから所帯持ちは。嫁にＡＴＭ扱いされてしまえ。

しょうがない、独《ひと》り身は独り身らしく寂《さび》しくどっかで飲みなおしますかね……

ふらりふらりと歓楽街を歩いて、もうどこでもいいやと適当なバーの扉を開くと、

「ったく！　やってられんわ！」

甲高《かんだか》い関西弁がお出迎えしてくれた。

見れば、子供かってくらいちんちくりんの女が一人。ウイスキーグラス片手に眉間《みけん》に皺《しわ》を刻《きざ》んだマスターにクダを巻いていた。この女のせいなのか流行《はや》っていないのか他に客はなし。というか一人なのにやかましい。

店主には悪いがこれはきつい。そう思い踵《きびす》を返そうとしたのだが、

「んー？　あんたも景気の悪そうな顔してんなぁ。なんや？　フラれたんか？」

図星を突かれてつい足が止まってしまう。

「あれ？　当たりかいな。それはかなんことしたなぁ。なぁ、こっちおいで？　お詫《わ》びに一杯奢《おご》るさかい、一緒に飲もうや。なぁに、うちもフラれ女や」

丁重《ていちょう》にお断りしたかったが『マスター、この店で一番高いウイスキー、シングルのロックで』などと注文までされてしまったら逃げ出すのも癪《しゃく》なので女の隣に腰を下ろすことにした。

結論を言えばこの女との会話はすこぶる愉快《ゆかい》だった。代わりにマスターの眉間にはさらなる皺が刻まれることになったが、もう知ったこっちゃない。

「あははは、17KBの三行半《みくだりはん》て！　いやこれ三行ちゃうな、何行や？　あははは！　おっきいにーちゃんも大変やねぇ」

『おっきいにーちゃん』という呼び名は180センチ近い僕の身体《からだ》つきを指してのことなのだろうが、言い得て妙だ。大木幸大《おおきゆきひろ》という僕の名前に絶妙なラインでかかっているのだから。もちろん偶然だろうけど。

「いやいや、『ポカリスエットは好みじゃない事件』もなかなかの破壊力でしたよ。小さいねーさんも。お互い酷いのにつかまったもんです」

こちらもそろそろ呼称《こしょう》がないと不便だなと感じていたところなので、ひねり出そうとして失敗する。まったくもって芸がない。

お陰《かげ》で小さいねーさん（仮称）の目が不機嫌そうに細くなる。

「誰が小さいねーさんやねーん、ってな。あんたの方が年上やろ？　その落ち着いたツラは三十路《みそじ》こえとるやろ」

てっきり小さいってとこに怒るものだと思っていただけに、そっちかよという印象。

小柄で（140センチちょっとぐらいしかないんじゃないだろうか？）おでこを見せたウェーブがかったセミロングも相《あい》まって子供みたいな顔つきだが、話の内容やら首元の肌《はだ》の感じからして彼女が僕より若いとは思えない。

「いや、すっかりそっちが上だとばかり」

「あんた、そのデリカシーのなさがあかんねんできっと。まぁ、うちも最初から決めてかかっとるのがあかんのやろけど。よっしゃ勝負や。こっちが年下やったらさっき奢ったのと同じの一杯な？」

勝負も何も努力しようのない戦いなんだけれども、酔った頭ではツッコミよりも先に面白《おもしろ》い方に傾く。せーのの合図で、

「25です」

「27や」

ほら、という顔と、うそやろ、という驚愕《きょうがく》の顔がそろい踏み。

「くぅぅぅ、マスター！　この店で一番安いウイスキーダブルのストレートでこのにーちゃんに！」

ちょっと待て。

「さっきのと同じやつって話だったような？」

「うっさい！　自分の方が年上やった女の気持ちがあんたにわかるか」

プイ、と顔を背《そむ》けてウイスキーを傾ける彼女に苦笑しながら新しいグラスを受け取る。うん、確かに最初の酒と全然違う。間違いなく安い酒だ。

「……ごめんな？　老け顔気にしてた？」

散々《さんざん》好き放題言うくせにこうやってフォローを入れてくるあたり彼女はいい人なのだろう。

「別に慣れてますし、お互い見た目では苦労してそうですし」

10代の頃なら渋い顔をしただろうが、これくらいの大人になれば便利なこともあるもので、

今はそれほどだ。

「そうか。はぁ……でもめっちゃ気ぃ悪いわ。うち、散々愚痴ったやん？　年下男なんざ地雷やぁ！　って。どんな顔して言うてんねんって」

ああ、そういえば彼女は5年付き合った年下男に浮気されたんだっけ。

「それはもう情念たっぷりに」

「しばいたろか」

「こっちだって同じくらい年上女とか終わってるってクダ巻いたんでどうリカバリしたもんかって困ってるんですよ」

お互いに相手の年齢を見誤っていたからこその言いたい放題。まぁ、仕方がないことなんだけれども。

「はぁ……折角《せっかく》盛り上がってるんやしお互いさんってことにしとこか」

「そうですね」

そんな感じで僕らはマスターに閉店時間だと追い出されるまで飲んだくれた。

その頃には失恋気分なんてどこかに行っていて、『こんなに楽しい酒は初めてかも』と笑う彼女に感謝するくらい、僕も笑っていた。

終電を失った二人は酔いに任せてタクシーに相乗りし、明治《めいじ》通り沿いに高田馬場《たかだのばば》まで。

「うち、西武新宿《せいぶしんじゅく》から武蔵関《むさしせき》やねんけど」

僕のマンションを見上げながら彼女はそう呟《つぶや》く。

「もう終電なくなったからウチに来るって話になったじゃないですか」

そう返すと『そうやったそうやった』とケラケラと彼女は笑う。

全く、本当にわかってるんだか。

店を出て『それじゃあまた会いましょう』なんて社交辞令で締めくくって別れることだってできたのに、気がつけば『終電ないなら泊まっていきますか？』と誘っていて、『そうしよか』と返されて僕たちはここにいる。

つまりは、そういうことなのだ。

「あんな、信じてもらえるかはわからんけど。うち、いつもこういうことするような女ちゃうんよ？」

マンションの扉を開けようとしたところで、彼女は今日初めて見る真剣な表情でそう呟く。

「僕もこんなの初めてですよ。信じてもらえなさそうですけど」

そう肩をすくめると彼女はクックッ、と笑って。

「なんで行きずりの男にかっこつけてんねやろね、うち」

「確かに。お持ち帰りなんて定番コースって顔しておけばよかった」

お互いに実はおっかなびっくりのくせに妙に小気味《こきみ》よい。

扉を開けて『どうぞ』と芝居《しばい》がかったポーズで彼女を誘うと、『それでは失礼して』とコートの裾《すそ》をチョンと摘《つ》まむのも愉快だ。きっと何もかものハードルが下がっているんだろう。

バタン、と扉を閉じれば少々奮発《ふんぱつ》した1DKが広がりベッドルームへ。シャワーという言葉が一瞬頭をよぎったが摑《つか》んだ彼女の手がいささか震えているのを感じて割愛《かつあい》すべきだろうと結論付ける。僕だって冷静になってしまったらこんなことできるはずがないしね。

「脱ぎますよ」

「よっしゃ、いっちょやったろ」

おっさんみたいな台詞《せりふ》は萎《な》えるというよりはむしろ可笑《おか》しいな、なんて考えながら服を脱いでベッドに腰かけると彼女は少しはにかみながら隣に座る。

予想通りというか予想以上というか、子供じみた身体つきだった。薄いふくらみになだらかなくびれ、下腹部の飾り毛がなかったら僕はきっと明朝には警察の世話になっているんじゃないかって感じ。それでも臨戦態勢になれるのはきっと僕が彼女をきちんと大人だと認識していて、精神的な色香《いろか》を感じているからなのだろう。

「っていうか、でかっ!?」

彼女はどう思っているのだろうか？　という疑問は聞くまでもなく視線と言葉で伝わった。

「へぇ……おっきいにーちゃんはこっちもおっきいねんなぁ。すごっ、でかちんすごっ」

ペニスを見ているというよりは珍獣《ちんじゅう》でも見つけたかのようなあっけらかんとした感想。

「そっかぁ……元カノさんはあんまりこれを好いてくれんかってんな」

何も言わずにいた僕を大きな目が覗《のぞ》き込んできてぎょっ、とする。確かにあの年上女の長文メールにはそういった文面があったがそれを彼女に話した覚えはない……していないよね？

酔っぱらいの会話なんで自信がないけど。

「そういう顔してるで？　ごめんなぁ、うちすぐ思ったこと言うてまうから。でも失礼ついでに言うなら、男と女がすっぽんぽんになる覚悟までしといて選《え》り好みするなんてけったいな子と付き合っとったんやねぇ」

救われたとか、そういうのではないのだけれども……心にグサリと突き立てられていたナイフが一本引き抜かれたような感覚。

参ったな、行きずりの関係のはずなのに。

そんなことを思いながら彼女の身体に手を伸ばす。触れてみればこれまた想像以上に華奢《きゃしゃ》で柔らかくて、意識せずとも優しい愛撫《あいぶ》になっていく。

「覚悟していただけてるのは嬉《うれ》しいですけど、その小さい身体に入るのかは少々心配です」

斬《き》り返すような言葉が出たのは、これ以上踏み込むべきではないって気持ちと意趣返《いしゅがえ》しの思いがあったのかもしれない。

「んっ……三擦《みこす》り半《はん》で出してしまわんようにあんじょう気張りや？」

それなのに、小さく尖《とが》る乳首を捏《こ》ねられて目を虚《うつ》ろに彷徨《さまよ》わせながら憎《にく》まれ口を叩《たた》いてくるのだからたまらない。たった数度のやりとりでまた一つ二人の距離が変化する。最初はカウンターバーと入り口、次は隣の席、そして今は腕の中……彼女はきっとそういう人なのだ。軽く爪《つめ》を立てながらするすると人の懐《ふところ》に入ってくる猫のよう。

そんな人を手放した年下の恋人というのもなかなかに『けったい』だ。何をしても許されると思い込んでいたのかい？

「確かにきつそうだ。でも、これだけ濡《ぬ》れてるなら安心かな？」

割れ目に指を埋め込んだ時点で、くちゅりと音が響いて僕は安いＡＶ男優みたいな口調で彼女の顔を覗き込む。

「あんたが上手なんや。えらい優しい触ってぇ……疼《うず》いてしまうやろ」

素直に喜ぶべきなのか、それとも照《て》れ隠しなのかはわからない。ただ僕は、

「可愛《かわい》いですね」

心に湧《わ》いた気持ちを素直に口にしてキスをする。驚きと照れとその他もろもろの感情を舌先《したさき》にこめて迎撃《げいげき》してくる彼女に応戦しながら割れ目の中の指を動かすと、二つの穴からはトロトロと液体が零《こぼ》れ落ちていく。

可愛い。そして、楽しい。

「ちょろい、って思ってるやろ」

口を離すととろん、とした目じりを無理矢理吊《つ》り上げてこちらを見上げるので、

「まさか」

と返して彼女を組み敷く。そろそろ、いいだろう。

「待った」

「え？」

「人の家の敷居《しきい》またぐんや、せめて名乗りをあげるのは礼儀やろ？」

ああ、そういえばお互い名前も知らないままここまで来たんだっけ。

「大木幸大です。どうぞよしなに」

ほんまにおっきいにーちゃんやんか、と想像通りに彼女は笑う。

「うちは小柳《おやなぎ》や」

「下の名前は？」

「恥《は》ずかしいねん」

「親から貰《もら》った名前でしょう？」

あー、とかうー、とか、今日一番に顔を赤くして悶《もだ》えた挙句《あげく》、

「姫子《ひめこ》……」

と小さく呟く。流行のキラキラネームが飛び出すにしては僕らの世代はまだ早いだろうと思っていただけに、

「いい名前じゃないですか」

と首を傾《かし》げる。

「うちかて大層な名前もろたって思うよ？　でもアラサー女捕まえて姫て……恥ずかしいねん」

そういうものなのだろうか。まぁ、ここで問答するのも何か違うだろうし、

「それじゃあいきますよ、『小柳さん』」

彼女の望みを尊重した呼び名と共に挿入《そうにゅう》を開始する。うん、ほぐれているとはいえ、やはり狭い。

「うわ、今っ！　ミシって！　ミシッっていった！」

小柳さんの言う通りかもしれない。それくらい、めりめりと強引にねじ込む感覚。三擦り半どころか抜けなくなるんじゃないかってくらいの圧迫感。

「大丈夫です？」

「うんっ、ええよ。ばっちこいって……んあぁぁっ!?」

つかえていた何かが外れたかのように一気に根元までめりこんで、小柳さんは目を白黒させる。

気遣《きづか》う余裕があればよかったのだけれど、こちらもとんでもなく締めつけられて堪《こら》えるのに精一杯《せいいっぱい》だった。

「うわぁ、すご……すごっ、はいったぁ……」

息を整えながら小柳さんの髪を梳《くしけず》ると、彼女はうわごとのようにそう呟く。

「大丈夫ですか？」

「優しいのか、それとも臆病《おくびょう》になってんのか知らんけど……さっきも言ったやろ？　すっぽんぽんになる覚悟してんねやで、大丈夫に決まってる。それにこんな行きずりの女に何を気ぃつこてんの」

そういうつもりじゃないのだけれど、でも……小柳さんの言うとおりかもしれない。ここまでしておいて今更《いまさら》遠慮するなんてどうかしている。あの年上女の文面をこの場で思い出すのは真っ平ごめんだが、あんなものを書かせてしまったのは不必要な気遣いが僕にあったせいかもしれない。

ならば改めよう、人は反省する生き物だ——こんな時に決意するにはあまりに恰好《かっこう》がつかないけど。

「それもそうですね」

遠慮を捨てそれでも優しさだけは忘れずにゆっくりと動く。あれほどギチギチだったはずなのにきちんと注挿《ちゅうそう》できるのだから人体は不思議だ。先の方に抵抗じみたものを感じるのはきっとここが小柳さんの奥なのだろう。

「んっ、くはぁ……！　奥っ、ぐぅっ、て、あ、あ……」

これだけの圧迫だ、きっと苦しさもあるのだろう。けれど涙混じりに蕩《とろ》けた目元や声に含まれる甘い成分は疑いようもなく快感を示している。

「あ、ぎ……ちんちんきとるぅ、ああぁぁっ、あ～～～～！」

ギシギシとベッドが跳《は》ねて、じゅぶじゅぶと水音が弾《はじ》ける。壊さないようにしたいのに、小柳さんが腰に足を絡《から》めてくるものだから、つい力強く抱きしめてしまう。

「どうですか？　三擦り半なんかじゃ済まなかったでしょ？　ガンガンいきますからね。こんなに気持ちいいんですから」

ああ、なんて不思議なんだろう。こんなにも真《ま》っ直《す》ぐな心地がするなんて。

「せやな……ひ、ぎぃ!?　ええよ？　ええからぁ……まだまだやめたらあかんから、あぁぁぁ！」

小柳さんもきっとそんな気持ちで声を出してくれているという妙な確信があった。

「あああ……ひぐっ、へぐぅ！」

小さな身体を両腕で抱きしめてひたすらに腰を打ちつける。ささやかなふくらみの先端がくすぐったく胸下をこする感覚、抱きつくというよりも鷲《わし》づかむように両手でわき腹に爪を立てられる痛み、二人の間を流れる汗《あせ》さえも快感へのスパイスだ。

「あ、あぁ……あっ、あっ、あっ！」

もはや小柳さんの口から意味を成す言葉なんて出てこない。子宮口《しきゅうこう》を突き上げるたびに酷く締めつけてくるあたりからして、一突きごとにイッてしまっているのかもしれない。

ゾクゾクする。

この空間に必要なのは快楽だけで、僕も彼女も、もはや快感だけを求める獣《けもの》に成り下がっている。

それがすこぶるうまくいっているのだ、歓喜《かんき》以外に何が必要だろうか。

「あっ、あぁぁぁ～！　ひっ、あはぁぁぁぁ！」

ひときわ高い嬌声《きょうせい》が部屋に響いて、トドメのような締めつけに耐え切れず彼女の中に欲望を解き放つ。

炭酸が弾けたかのような勢いの射精に、僕をかろうじて人たらしめていた部分がコンドームのことをすっかり失念《しつねん》していたと伝えてくる。

「はぁ、はぁ……ゴムしてへんのにいっぱい出してぇ。でもまぁ、気持ちよかったしな……んっ、まぁ、ええか」

罵声《ばせい》の一つくらいは飛んでくるものと思っていたのに、小柳さんはあっけらかんとしていて拍子抜《ひょうしぬ》けする。

足を閉じる余裕もないのだろう、割れ目からドロリと白濁《はくだく》が溢《あふ》れるのが丸見えだ。

「気持ちよかったですね」

安心すると、僕は愚《おろ》かにもその様《さま》に再び興奮《こうふん》を覚え始めていた。

「せやね……って大木くん？　何でうちに覆《おお》いかぶさってくんのかな？」

自分がこんな人間だとは思ってもいなかった。

「気持ちよかったからですよ」

けれど、

「いや答えになって……ってまたちんちんおっきして！」

止まらない。

「気持ちよかったんでもう一回しましょう」

「どんだけ元気やねん！　君はまだ若いからええけどこっちはもうくったくた……」

抵抗する彼女の両腕を摑んで無理矢理、口づける。

大丈夫ですって、小柳さん。そんなこと言ったたって舌に嚙《か》みつくどころかいやらしく絡めてくるじゃないですか。それに、

「二つしか違わないでしょ？」

そう笑いかけて、僕は再び小柳さんと獣になるのだった。

目を覚ますと僕はベッドに一人で、時計は昼頃を示していた。

昨夜のことは夢だったかと思ったけれど、酒臭さと濃密な性の跡がそんなわけあるかと感覚器官に訴えてくる。

そんなに怒らなくたっていいじゃないか。僕はただ、行きずりの女が目覚めたらいなくなっているという当然の事実を少しばかり受け入れたくなかっただけなんだから。

ああ、それにしても身体がベタベタする。結局僕は何回戦までいったんだっけ？

そんなことを思いながら寝室を出ると、

「あ、おはようさん」

バスタオルを頭に被《かぶ》った小柳さんが何食わぬ顔でこちらを見上げていた。

「おはようござ……います」

素《す》っ裸《ぱだか》で立つ僕と、バスタオル以外は同じく一糸まとわぬ彼女。お互い恥じらうわけでもなく日常を開始する奇妙さに僕はまだ夢を見ているのかという心地すらしていた。

「ごめんな。お風呂借りたで？　ベタベタしてかなわんで。一応寝てるキミに声かけてんけど」

「あ、いえ……むしろお構いなしですいません。あ、ちょっと僕もサッとシャワーしてきます」

何をどう言えばわからない僕はとりあえず思考を取り戻すために後ろから聞こえる『冷蔵庫開けてもいいかなぁ？』という問いかけに是《ぜ》と答えて戦略的撤退を決める。

混乱。そう、僕は混乱していた。

どうして朝になっても彼女がいるのか。

一夜限りの関係なら、シャワーでも浴びてさっさといなくなるものじゃないのか。いや、行きずり初心者の僕にはそれが普通か判断しかねるけれど。

ぐるぐると回る思考はシャワーでは解決してくれなくて、気がつけばリビングに裸プラスバスタオルがもう一人。

「大木くん？　キミねぇ、どういう食生活してるんよ。冷蔵庫すっからかんやないの。朝ごは……もう昼ご飯か、作ったろう思ったのに」

それに何と答えるのが正解かわからない。きっとわからないから僕は年上女にフラれて、わからないからこそ小柳さんはここにいる……何故《なぜ》だかそんな気がした。

だから、『どうしてまだいるんですか？』とは言えなかった。

「すいません。外食で済ませた方が楽なんで」

宙に浮かせておいた方がいいことが世の中には割とあることは大人になってから知ったことだ。それは往々《おうおう》にして後進には厄介《やっかい》なものなんだけれど、この当事者は僕だけなわけだからいいだろう？

「しゃーないなぁ。んじゃスーパー行こか？　ある程度のもんは作れるで、リクエストある？」

小柳さんはどう思っているのだろう。これが彼女のスタイルなのか、それとも僕のように棚《たな》上《あ》げを？　そんなことはさっぱりわからないのだけれど、少しなりとこの人が悩んでくれているならありがたい。

「そうですね……関西の人ですよね？　だったら、何か粉《こな》ものとか？」

着替えながらそう返すと彼女ははぁ、と吐息《といき》を漏《も》らす。

「東京の子はすぐそう言うねぇ」

関西人もいろいろ大変なんだろう。

「ま、ええねんけどたこ焼き器持ってへんやろぉ？　んじゃまぁ、お好み焼きやね。ホットプレートあったら嬉しいけど」

「ありますよ。確かいつぞやのビンゴ大会で貰ったやつ」

「でかした！　じゃあお昼はお好み焼きや」

「楽しみです」

この状況をどう表せばいいのか、やはりわからない。

けれど今の僕はこの状況にワクワクしていて、初めて食べる本格的なお好み焼きを楽しみにしていることだけは確かだった。

2　小柳さんとカレーライス。

取引先との打ち合わせを終えて新宿駅《しんじゅく》に戻った頃には13時半を回っていた。想定外の長期戦だった……少し休みたい。それにこのまま会社に戻るにはお腹《なか》が空《す》きすぎている。

そうだ久しぶりにあの店に行こう、ピークタイムは過ぎているだろうし会社方面にある。

そう心を決めると足取りだって軽くなる、冬空の下の寒さだって幾分《いくぶん》か温《ぬる》くなる……僕は安い人間なのだ。

「……ん？」

目的の店にたどり着き、行列がないことを確認してしめたと喜んだところにプライベート用の携帯が震える。

小柳《おやなぎ》さんからＲＩＮＥだ。

一夜限りの関係のつもりだったけれど、翌朝に一緒にスーパーに行ってお好み焼きまで食べてしまえば流石《さすが》に行きずりとはいかない。ばっちり連絡先の交換をして、他愛《たあい》もないやりとりをするようになってそろそろ一週間になる。

『遅めのランチはカレー。食べ放題やしモトとるで！』

そんな文面に青い陶器っぽい大皿に大きな牛肉がゴロリと入った濃厚なカレーの写真。

これはまさに僕が入ろうとしていた店のものだ。

『僕も今から昼です。それ、もうやみカレーですよね？　いいですね、ふとしたときに行きたくなる』

僕も今からもうやみです、とは返さなかった。新宿に何店舗《てんぽ》もあるから同じ店とは限らないし……まさかの同じランチメニューに驚いていて正直そんな機転が利《き》かなかったのだ。

『うまい！　たまらんわぁ』

よしてください、小柳さん。物凄《ものすご》くお腹が空いてくるじゃないですか。

とりあえず返事は後にして店の中へ。最初に会計を払って皿を受け取るビュッフェスタイルなので、先にカレーを盛り付けて（もちろん彼女に見せつけられたのでビーフカレーだ）席を探す。

「……」

偶然というのは恐ろしい。奥の方の席に小柳さんの姿を見つけてしまった。

以前に会った時と同じパンツスーツ姿。まだこちらには気づいていない様子で、大きくスプーンですくいあげたカレーを口いっぱいに頬張《ほおば》って『ん〜！』って声が聞こえてきそうなくらいご満悦《まんえつ》なところまでばっちり観察できてしまった。

さて、どうしたものか。

急に現れたら変に思われるかもという気持ちもあるけれど、少しばかり驚かせてみたい欲もある。まぁ折角《せっかく》なら面白《おもしろ》い方がいいかもね、向かいの席も空《あ》いてることだし。

心が決まれば行動は迅速《じんそく》に。さっさと移動して席につき、

「こんにちは。まさか同じ店とは思いませんでしたよ」

果たして、小柳さんはこれが『目を丸くする』ですよ、という見本のように目を見開いて、

「うわっ、びっくりしたぁ！」

と幾分店内の注目を集めるくらいの声を上げる。

「え？　え？　なんで？　なんでキミがここにいるん？」

周囲を少し気にしながらうわずり気味の声が問いかけてくる。

「なんでも何も、ここで食べようと思ってたら小柳さんからRINEがきて……僕もまさか店まで同じとは思いませんでしたよ。何店舗もありますし」

そう返してカレーを一口。

うん、この野菜を煮込み続けてどろっどろにした旨味《うまみ》……たまらない。

「うわー、何この偶然。え、大木《おおき》くんってこの辺で働いてるん？」

「そうですよ。近所なんでここにはたまに。まぁ、お昼休みはいつも列ができてるんで遅めの昼じゃないと来れないんですけど」

「そっかぁ、うちもそんな感じ。もしかしたらどっかですれ違ってたかもなぁ」

小柳さんについて僕が知ることは少ない。

僕と同じフラれ人間で、関西の育ちで、スーツで働いているであろう人。まぁ、最後の部分

が今この瞬間『スーツで働く人』にアップデートされたのだけれど大差はない。そう考えると僕らの関係はなんだろう？　知り合いというカテゴリにしてもあまりに情報共有が少ないのではないだろうか。

「お仕事は何を？」

「んー？　当ててみ？」

カレーを幸せそうに飲み込んで、小柳さんは茶目っけたっぷりに笑いかける。どうやらご機嫌らしい。

さて、それにしても難しい問題だ。地元から離れて東京なんかに暮らしているのだからそれなりの仕事かもしれないけれど、正直に言えば彼女がオフィスで働く姿があまり想像つかない。飲食でホール担当とかの方がよほど似合うというか、ウケそうな気がする。

「そんなに悩まんでもええやないの」

僕は顔に出やすいのだろうか、小柳さんの表情が柔らかいのは助かるけどこれは明らかに失礼な想像がバレてしまっている。

「はい、こちらこういう者です」

スッ、と差し出された名刺《めいし》を見てギョッとする。燦然《さんぜん》と輝く一流通信系企業のロゴ、それなりの仕事どころかかなりデキる人だ……広報部というのも何だか頷《うなず》けるし。

「ものすごくこっちの名刺出しにくいんですけど」

しがないソフト会社の営業マンの名刺を渡すと小柳さんはへぇ、と呟《つぶや》いて、

「知ってるで、ＳＥの連中に殺意抱かれるくらい嘘八百《うそはっぴゃく》言ってクライアントから発注受ける仕事やろ?」

「これでも技術営業なんでそんなマネしませんよ。何知識ですか」

冗談や、とケラケラと笑う。

ああ、なんだろうこのとても小気味《こきみ》良い感覚は。酒に酔っていなくても彼女との会話は軽快だということがわかったのは収穫だと思う。

「せや、また飲もうや大木くん」

「いいですよ」

「っていうても、この先割と残業続きそうやし……んー、土曜日でもええかな?」

お陰《かげ》様でお一人様になって間もない状況だ、予定なんて何一つない。

「もちろん」

「そ、じゃあ今度は馬場《ばば》で飲もか」

僕と彼女の居住地は高田馬場《たかだのばば》と武蔵関《むさしせき》。その中間地点に良さげな飲み屋があるはずもないので馬場は悪くはないとは思うけれど、

「新宿じゃなくて?　住んでる僕が言うのもなんですけど学生だらけですよ?」

「知ってる。学生時代はそりゃあお世話になったからなぁ」

マジですか。

「まさかあの大学の方ですか。屋上にベース基地を作っていない方、つまりは都の西北方面の?」

「あはは、おもろい言い方するねぇ……でも多分それや」

そう言って彼女は最後の一口をパクリ。『ん〜』と足をバタつかせておいしさを表現して、おかわりに立つ。

「……」

別に彼女を侮《あなど》っていたつもりなんてなかったのだけれど、やっぱり少し驚いた。じゃあそもそもどれくらいの人だと思ってたんだ、って言われたら困るんだけど。何だろうね、この感じ。

「まぁ、いいか」

なお、小柳さんは『モトをとる』の宣言通りカレーを3杯おかわりしてその健啖《けんたん》ぶりに僕はますます驚かされるのだった。


土曜日、高田馬場。

黒のニットにハイウエスト気味のジーンズの上からベージュのロングカーディガンを羽織《はお》り、スニーカーで足元を纏《まと》めたカジュアルスタイルという小柳さんにスーツ姿とはまた違った新鮮さを感じながら、さかえ通りの彼女おすすめの焼き鳥屋へ。

「やっぱり早めの集合にしといてよかったわ、ここ開店からわりかし混《こ》むから」

幸先《さいさき》のいいスタートにゴキゲンな小柳さんと生《なま》ビールで乾杯《かんぱい》。

「よく通った店なんですか？」

「ちょっと贅沢《ぜいたく》するときはなぁ。ここいらは飲み代《しろ》あほみたいに安いから普段はそういうとこ。

2000円代の飲み放題コースでたらふく飲んでトイレに駆け込んでゲーゲー……っと、あかんねこれからって時に汚い話」

あはは、と頬を掻《か》いて苦笑いする彼女からは学生時代のそういった日々が楽しかったのだということが見て取れる。

「構いませんよ」

「そう言ってもらえると助かるわぁ。ごめんやで？　うち、品のない女やから」

本当に品のない人はこんな風に謝ったりしないものだ。

と、焼き鳥の盛り合わせと生野菜が届くとほぼ同じくしてどやどやと学生の集団が入店してくる。

「なるほどああいう感じで来ていたわけですね」

学生たちに軽く視線を向けてそう笑いかけると、

「せやねぇ、いやぁ……若いっていいねぇ」

少しばかり遠い目で彼女も視線を向ける。まだそんな歳《とし》じゃないでしょうにと笑うと、

「でも不思議なもんやと思わん？　あの頃ってな、しょーもないことで悩んでしょーもないことで喧嘩《けんか》してそのくせ口だけは一丁前で頭の中身はガキのまんま。でもなんか何もかもがおもろーて、なんか幸せで……」

確かに言われてみればその通りかもしれない。その時々を切り取れば確かに楽しいだの辛《つら》いだのそういったものがあったのに、なんとでもなるという万能《ばんのう》感というか、奇妙なパワフルさ

が確かにあった。もうすっかり忘れてしまったけれど、もしもあれが『若さ』というものだとしたら、なるほど確かに羨《うらや》ましい。

「今は『おもろなくて』『不幸』ですか?」

彼女が一番好きだというぼんじりの塩焼きを齧《かじ》りながら言うと、小柳さんはくっくっ、と笑って、

「あんなぁ、ウチら一週間前に失恋したばっかりなんやで？　色恋が全《すべ》てなんて気持ちはさらさらあらへんけど……そりゃあ世間《せけん》的には不幸でつまらん男と女やろ」

確かに。僕も酒に溺《おぼ》れるくらいには不幸を感じていたはずなのに、この一週間はどこか平気な部分があった。まぁ、例の17ＫＢ半なんぞを読めば１００年の恋だって醒《さ》めようものだけれどそれを差し引いても奇妙な話だ。まぁ、何となく理由はわかる。

「おっしゃるとおりで。でも、小柳さんがいたお陰であんまりそう思いませんでした」

小柳さんという同士がいてくれたおかげで何だか楽しかったからだ。そう、それこそ学生時代のような気楽さが僕にはあったのだ。

「なんやそれ、口説《くど》いてるん?」

「正直に言ったまでです」

僕の返事をどう思ったのかはわからないけれど小柳さんはケラケラと笑って、

「そうかそうかぁ、大木くんはほんまええやっちゃなぁ。まぁ、それを言うならうちも結構助かってるねんで?」

そう言って僕のジョッキにコツン、と杯《さかずき》を当てるのだった。

さて、どうしてこうなった。

僕のベッドの上で猫のように丸くなっている小柳さんを見つめて自問する。

学生時代の思い出と値段の割に旨い焼き鳥を肴《さかな》に酒を飲んでいたことまでは覚えている。途中で学生たちが『学生注目』などと独特のコールアンドレスポンスを始めたことも覚えている。そしてそれにいい感じに盛り上がった小柳さんが食いついたことも。その辺《あた》りから学生たちと乾杯したとか、焼酎のグラスがテーブルに並び出した光景とかそういったものがフラッシュバックして、漸《ようや》く自分が酔いつぶれた彼女を家に連れ込んだという流れを思い出す。

一度ならずも二度までも……いや待てここで手を出すほど落ちぶれちゃいけない。

とりあえず上着だけでも脱がせてこっちはソファで寝ることに決めて小柳さんに手を伸ばす。

「んー……」

酔いつぶれている割にはいとも簡単にカーディガンを脱いでくれたのは助かるのだけれど、代わりに縋《すが》りつくように抱きつかれて酔いのまわった足が縺《もつ》れる。

「……」

僕は抱き枕じゃない、というか同衾《どうきん》はまずい。しかし、絡《から》む腕を振り払おうとしても何度もしがみついてくるのだから対処に困る。

「朝になってあらぬ疑いかけたら怒りますからね？」

ため息一つとともに諦《あきら》めて、小柳さんごと布団《ふとん》をかぶる。

正直先に彼女が酔いつぶれただけで、僕だって眠気はいい具合に襲《おそ》ってきているのだ。

「小柳さん、大人しく寝てくださいよ」

寝ようとしたら今度はもぞもぞと動き出すから質《たち》が悪い。

やけに身体《からだ》を密着させてきたり、足を絡めたり、胸元に顔を埋めたり……正直、今ここで僕が狼《おおかみ》になっても不可抗力なんじゃないかってくらいだ。

というか、妙にその行動に意志を感じる。

「まさか……起きてます？」

試しにそう問いかけてみると果たして、

「あはは、バレてもうたか」

ちっとも隠す気なんてない悪戯《いたずら》っぽい笑みを浮かべて小柳さんが布団から顔を出すじゃないか。

「いつから復活してたんですか？」

布団を剝《は》がして起き上がり尋《たず》ねると、

「上着脱がされたあたり？」

道理で脱がせやすかったわけだ。

「だったらそう言ってくださいよ」

「そうは言ってもな、大木くん。服脱がされながら目ぇ覚ましたらちょっと警戒《けいかい》するやん？」

「しないでください。同意もなしにそんな真似《まね》するわけないでしょ」

「ふぅん、この前はやめろ言うても2回3回としてきたくせに？」

言葉に詰まる僕と、それを見てケラケラと笑い出す彼女。ああ、カマなんてかけるんじゃなかった。めんどくさい酔っぱらい方をしてるじゃないか。

「まだ11時なんで終電ありますけど？」

酔っぱらいとはいえしっかり目が覚めているなら連れ込む理由もない。彼女もその方が慣れた寝床《ねどこ》で眠れるというものだ。

「えー？　うち、今夜は帰りたくないき・ぶ・ん♪」

しなを作ろうとしてなんだかクネクネしているだけになっている小柳さんを見て早々に説得を諦める。深夜とは言えないけれどこの時間に酔っぱらった彼女を放り出すというのも紳士的とは言えないし。

「好きにしてください……僕はあっちのソファで寝ますんで」

そう言って立ち上がろうとすると、がしっ、と腕を掴《つか》まれる。

「そんなん悪いやん？　ええよ、一緒に寝よ」

一瞬僕の方が常識外れなんじゃないかと疑ったほどだ。

「ええやん、大木くんなんもせぇへんのやろ？」

「まぁ、しませんけど」

「酷《ひど》いわぁ、うちのこと女として見てへんやねぇ……この前は散々《さんざん》弄《もてあそ》んだくせに」

よよよ、と声に出して泣き真似をするのだから質が悪い。全くどうしろって言うんだ、この酔っぱらいめ。

「見てなかったらそもそも抱いてないでしょ」

気がつけば彼女と同じくらい明け透けな言葉が飛び出していた。ああ、僕も十分酔っている。

「ふぅん……へぇー、ほぉ……」

ハとヒを忘れたみたいな感嘆符《かんたんふ》をわざとらしく口にして、小柳さんはしげしげと僕を見上げる。その瞳《ひとみ》は確かに酔っているけれど先程に比べればいささか理性的で、だからこそ何だか嫌な予感がする。

「じゃあしよっか?」

「何でそうなるんですか」

いささか被《かぶ》り気味に声が出て、小柳さんがカラカラと笑う。いやいや、笑っている場合ですか。貴女《あなた》は今とんでもないことを言ったんですよ?

「ええやん、うちがしよって言ってるんやで?」

言いながらズボン越しに彼女の手が僕の股間《こかん》をまさぐると、先程彼女に密着されたときに湧《わ》きかけた性欲がたちまちに蘇《よみがえ》る。振り払うことはいくらでもできたはずなのにそうできなかったのは、きっと酒のせいだろう。

「前にいつもこういうことしてるわけじゃない、って言ってましたよね?」

チィ……とファスナーを下ろして肉棒を露出《ろしゅつ》させて扱《しご》き始める彼女に問いかける。

「そうやぁ、うちはそんな軽い女とちゃうよぉ」

さっきまでの酔いどれ女はどこに行ってしまったのか。吸い込まれそうなディープグレイの瞳はあまりに蠱惑《こわく》的で、濃密な『女』を感じてしまう。

彼女が望んで、僕もこの行為を振りきれないならもうそれでいいんじゃないだろうか？　あ、でも……もはや僕たちは行きずりの関係じゃなくなってしまっている、2回目だ。それに至《いた》るにはやはり僕らの関係に何かしらの名前が必要になるんじゃないだろうか？

「あかん？」

けれど、その一言の瞬間だけ彼女の表情が揺らぐ。そこにどんな感情があったのかはわからないが、僕を艶《なま》めかしく誘う雰囲気《ふんいき》は消え失《う》せて酷く怯《おび》えた小動物のように見えたのだ。

そんなの困る。

さっきまでのは全部虚勢《きょせい》で、僕と同じように不安を抱えて誘惑していたんじゃないかという想像をしてしまうじゃないか。

そんなのずるいだろう。

それはあまりに可愛《かわい》らしくて、今すぐ抱きしめたくなるじゃないか。

え？　こんな考えも全て彼女の術中だったら？

そんなのもう敵《かな》うわけないじゃないか、いずれにせよ僕の負けなんだよ。

「ここまでさせておいて小柳さんに恥《はじ》をかかせるわけには……いえ、据《す》え膳《ぜん》食わぬはなんとやら、ですかねこの場合」

そもそも酔っぱらいのくせにぐだぐだ考える方が悪いのだ。何もかもを棚上《たなあ》げにして、快楽を貪《むさぼ》ったっていいじゃないか。ああそうさ最初から彼女を襲っておけばよかったんだよ、部屋に連れ込んだ時点でさ……という心地すらして、僕は小柳さんにゆっくりと口づけるのだった。

ベッドのサイドボードからコンドームを取り出すと、すっかり裸《はだか》になった小柳さんが冷蔵庫にルートビアを見つけたみたいな声を上げる。

「なんや、ゴムあったんかいな」

「つけないと駄目でしょう?」

この前は勢い的なものがあったけれど、冷静に考えたらあまりに無責任だったと思う。あの年上女を部屋に連れ込んだこともなかったので常備するクセはなかったのだけれど、もしもの時のために用意しておくべきだと思うに至ったのだ。まさか、こんなにも早く開封することになるとは思わなかったけど——そんな説明を交えながら彼女を抱きしめると、

「大木くんのそういうとこ、ええなって思うで」

などと囁《ささや》かれた。真《ま》っ直《す》ぐに人を褒《ほ》められる方が素敵《すてき》だと思うけれど。

「なぁ、もう一回」

言われるままにもう一度キスを交わす。お互いに酒臭くて少しばかりロマンチックには欠けるけれど、舌《した》を絡めて欲望を高めるには十分だ。それに加えて小さな手が肉棒を扱き始めればなおさら。

「んっ、ちゅ……」

　こちらもお返しとばかりに彼女の股《また》の間に手を伸ばせば、少し身じろぎする中、じわりと指に湿り気が絡みつく。そして下草の中から見つけ出した小さな頂《いただき》を見つけ捏《こ》ねまわせば、甘い吐息《といき》が重ねた唇《くちびる》から漏《も》れ始めて……

「前も言うたけど、上手やねぇ……」

『ん〜』とカレーを食べていた時とはまた違った歓喜《かんき》の声を上げて蕩《とろ》けた瞳が僕を見上げる。

「よくわかりません。そう言ってくれるのは小柳さんだけなんで」

　ほぐれた割れ目に指を挿入《そうにゅう》すればきゅうきゅうと締めつけて蜜《みつ》を漏らしてくるのだからただの社交辞令でもないようだ。気持ちよくなってくれているなら何よりだ、折角快楽を貪りあうとしているんだから心地よければよいほどいい。

　ひとしきり口づけを交わして、甘い吐息と水音だけが部屋に響いて……どちらからともなく次の段階を求めて視線を交わす。

「なぁ、このままの体勢でしてもええかな?」

　コンドームをつける間に抱きつくように僕の両肩に手を置いて跨《また が》った彼女の言葉を拒《こば》む理由なんて何もない。

「もちろん」

「ありがとうね。ほな、失礼して……んっ……」

　対面座位——腰かける僕の上に跨るように座って交わる形は、当然彼女から挿入しなければならない。十分にほぐしたつもりではいるけど彼女の小さな体にミチミチと僕のものが入る様《さま》は痛々しく感じる。

「ん……この前よりは楽……んあっ、は、入ったぁ……」

一仕事終えたような顔で僕を見上げる小柳さん。こちらはこちらで狭いのと強い締めつけのダブルパンチをグッ、と堪《こら》えて頷き返す。

「ほら、この辺まできてるで大木くんの」

お臍《へそ》の下のあたりに手を引かれて触れてみる。そんなマンガみたいにぼこんと膨《ふく》れ上がっているわけじゃないけれど、言われてみればそんな気がする。

「人体の不思議ってやつですね」

僕の返答の何が面白かったのかわからないけど小柳さんはひとしきり笑って、ゆっくりと腰を使い始める。

「んっ、ふふっ……なんかええね、こういうの」

何がどういいのか、明確な説明なんてありはしない。けれどその時僕は深く頷いていた。揺れる彼女の髪も、じわりと滲《にじ》む汗《あせ》も、下半身を責める熱さも、抱きしめる温《ぬく》もりも……なんならベッドのきしむ音さえも何もかも……『なんかええね』だったから。

「ひゃんっ!?」

だからだろうか、小柳さんにばかり汗をかかせるのもつまらないと彼女の胸の頂に吸いついたのは。

「ちょ、ちょぉ……んあっ、むねぇ、急にぃ……ひうっ！」

チロチロと舌先で転がしたり甘噛《あまが》みしたまま吸いついたりすると面白いように彼女の身体が震えて、逃げようとする身体をぎゅっと抱きしめる。擦《こす》る動きは覿面《てきめん》に大人しくなったけれど快感が弱くなることはない、それまでと同じかそれ以上に肉棒に絡みつく肉襞《にくひだ》が快感を訴えるかのように蠢《うごめ》いていたからだ。

「あかんっ、ふあっ……ちから、はいらんく……んあぁっ!!」

胸のサイズと感度が反比例というのがどこまで信用できるのかは知らないけれど、小柳さんにとっては間違いなく弱点のようだ。だったら徹底的に責めて差し上げるべきだろう。僕らのセックスにどんな意味があろうと、快感を求めていることだけは確かなんだから。

だから、たとえ肩に爪《つめ》を立てられようと、頭をポカポカと叩《たた》かれようと、責めを緩《ゆる》めたりなんかしない。彼女が気持ちよくて、僕も楽しくて気持ちがいい。Win-Winというのはこういうことじゃないか。

「大木くんのぉ……あほぉ……」

ひとしきり快楽を貪ってから顔を上げると、小柳さんが溶けていた。汗と涙でぐしゃぐしゃになって、とろん、と瞳を半開きにして息も絶え絶えだ。

なんとなく締めつけとか声の感じから軽く絶頂してるんじゃないかとは思っていたんだけれど、つい夢中になってしまった。

「大丈夫ですか？」

「そんなわけあるかぁ、あほぉ」

どうやら力が入らなくなっている様子。けれどそれならこっちが動いてあげないと。

「あ……っ!?」

転げ落ちないようにしっかりと抱きしめて突き上げると小柳さんの声がひときわ高く詰まって、腕の中の彼女の身体がビクビクと震えて、僕の愚息《ぐそく》を万力《まんりき》のように締めつけてくる。

今度こそ間違いなく絶頂したのだろう。

「小柳さん……」

彼女の呼吸が落ち着くまでたっぷり待ってから顔を覗《のぞ》き込むと、

「先にイかされてもうたぁ……うちからさそうたのにかっこわるぅ」

恥《は》ずかしげに小柳さんは笑う。別に勝負でもなんでもないんだけれどな。小柳さんがそれだけ感じてくれたってことのほうがどっちかといえば誇らしい。

「今日はここまでにしときます？　僕ら割とヘビィに酔ってますよ」

「あほぉ、キミがまだ出してへんやないの。そんなんあかんよ……ああ、ちゃうな。うん……うちがもうちょっとこうしてたいんや」

背中に回る手足が、ぎゅうと僕を抱きしめて……密着が高まることで肉棒の疼《うず》きも大きくなる。

言えば怒られそうだから言わないけれど、今日の小柳さんはちょっと甘えん坊だ。これが彼女の本来の姿なのかどうかは残念ながら判断しかねるけれど、不安をちらつかせてセックスを誘ったのも、対面座位を指定したのも、そしてまだ離れたくないと望むのも……甘えたい気分が見え隠れしている。

誰にだってそういう時はあるだろう。そして、そんな小柳さんが愛らしくてたまらない。

だったら僕は願ってもない申し出に是《ぜ》と答えて、彼女が『もう堪忍《かんにん》してやぁ、あほぉ……』って言うまで抱き続けるだけだ。

全てが終わってお互いにクタクタになっても、小柳さんは僕に抱きついたままで離れようとしなかった。

「何か、ありましたか?」

誰にだって甘えたい時はあるけれど、それには必ず理由がある。そこに踏み込む権利が僕にあるかは知らないけれど、どうにも気になった。

「ないよ、なぁんも。なーんもないから、寂《さび》しなってもうただけ」

寂しい、か。

小柳さんについて僕が知ることは少ない。

多少情報はアップデートされたけれど、依然《いぜん》少ないままだ。その中には前の恋人とどんな日々を過ごしていたか、どれほど愛していたのか、も含まれている。

「同棲《どうせい》してたんよ、うち」

ぽつり、と彼女が漏らした言葉は僕に想像の余地を与える。なるほど、これまで二人で暮らしていたのに急に一人になってしまうのは、原因(家に帰ったら別の女を連れ込んでセックスの真っ最中とかいう最低なものだったはずだ）がどうであれ、空白を意識せざるを得ないだろう。

「帰ったら部屋が広いのなんのってな……なんか寂しぃなって……しかもあいつが浮気した現場でもあるやん？　思い出すわ、寂しいわ……なんかもう、あの部屋に戻るのがたまらんくて……」

なるほどそれは事故物件のほうがマシなレベルだ。幽霊《ゆうれい》は化けて出ることはあっても浮気現場を見せつけたりはしないからね。

「だったら、明日もゆっくりしていってくださいよ。予定もないので」

きっと彼女にそんな打算はなかったと思う。ただ、一度ならずも二度までも酒に溺れて僕の部屋に連れ込まれることになってしまった理由を語っただけなんだろう。

それなら僕は僕で、独《ひと》り身の暇《ひま》さ加減とほんの少しの同情によるひらめきを口にしようじゃないか。

「そんなん、迷惑やろ」

「だったら最初から言いませんよ」

軽く抱きしめると、戸惑《とまど》いを含んだ瞳が僕を見上げる。

らしくない。僕はそこまであなたのことを知りませんけどそれでもやっぱり、らしくないですよ……小柳さん。

「『ほな、しばらく居候《いそうろう》させてもらいましょかー』ぐらい言えばいいじゃないですか」

にわか関西弁は死に値《あたい》すると聞いたことがあるけど、あえて僕はその蛮勇《ばんゆう》を振るう。だって、

「うわぁ、今までで一番腹立つ似非《えせ》関西弁やわ……次やったらしばくで」

その方が彼女らしい言葉を聞ける気がしたから。結果はご覧《らん》のとおりだ。

「はい、もうやりません」

きっと僕はニヤけているだろう。だって小柳さんの顔を見ればこちらの考えが全部バレてしまっているのがわかってしまったのだから。

でもそれでいい。それで寂しさが紛《まぎ》れてくれたら万々歳《ばんばんざい》だ。

「んじゃ、大将。明日もよろしく」

ぽん、と僕の胸を叩いて小柳さんが笑って、僕もつられて笑って……『おもろなくて』『不幸』なはずな僕らは、その瞬間は間違いなく奇妙な万能感に包まれていた。

3　小柳さんと最低男。

「思っていたより立ち直りが早いじゃないか」

懸案《けんあん》だった仕事が片付いて休憩《きゅうけい》スペースで一人、祝杯（コーヒーだけれど）をあげていたらそう声をかけられた。

同僚の神原《かんばら》――先日僕の愚痴《ぐち》に付き合わず新宿《しんじゅく》の寒空に放り出した薄情者だ。

「重篤《じゅうとく》になると思っていたなら朝までコースに付き合うべきだったと謝罪してくれてもいいんだよ」

まぁ、この冷血漢のお陰《かげ》で小柳《おやなぎ》さんと出会うことになったのだからトントンにしてもいいのだけれど、それとこれとは別とも言える。

「仕事の付き合いでも飲み会と聞けば角《つの》を生《は》やすようになるとは想像だにしなかったがそれでも可愛《かわい》いワイフの待つ家と、この歳《とし》になって失恋も処理できない男を比較したら前者を選ぶだろう」

ああそうですか、ごちそうさま。

「奥さんに会う機会があれば『貴女《あなた》のせいで飲み会を断ることでこいつは社内評価を著《いちじる》しく下

げてますよ』と謹言《きんげん》してあげようじゃないか」

「お前だけは絶対に会わせないからな」

つまらない男だ、ばっちり尻《しり》に敷かれてしまって……結婚する前はこっちが辟易《へきえき》するぐらい酒に誘ってきたくせに。

「まぁ、元気そうに見えるならそれはその通りだと思うよ。僕自身、思ったよりダメージを忘れられているから」

それは間違いなく小柳さんのお陰なのだけれども、

「ふうん。なんだ、いい人でも見つかったか?」

「さてね」

それをわざわざ説明してやる義理はないだろう。

「まああの『鉄の女』と色恋してた奴《やつ》だからな……感覚も俺とは違うんだろう」

『鉄の女』——神原に限らず、この会社に勤める人間はあの年上女を指してそう呼ぶ。元恋人としての欲目やフラれ男の恨《うら》みを加減したとしても、彼女には極《きわ》めて似つかわしい名称だと思う。

曰《いわ》く、無表情で何を考えているかわからない。

曰く、ズケズケと物を言うし可愛げがない。

曰く、仕事以外はろくに口を開こうとしない。

他にもいろいろあるがとにかく女性として魅力がなく仕事はできるが酷《ひど》くとっつきにくい

……そんな人なのだ。

だから僕が神原に『彼女に告白されたんで付き合うことにしたんだ』と言った時は大層驚いていたっけ。

それはそれとして、

「何を失礼な。僕だって真っ当に傷ついているさ。ただ幸運にもそれを忘れられているだけって話」

「そうかそれならまぁ、うちの嫁の仏《ほとけ》の顔カウンターがリセットされるころにでもまた……げっ」

「げっ？」

休憩スペースにハムスターでもいて『げっ歯類《しるい》がいる！』と声を上げたのか？　と聞こうとしたときにはもう神原は逃げ去るところだった。

「……」

それと入れ替わるように休憩スペースに現れた人間を見て僕は神原の言動の意味を悟る。

なるほどこれは、確かに『げっ』だ。

飯島杏子《いいじまきようこ》――僕の元恋人がコーヒーカップを片手に立っていたのだから。

見かけただけならいくらでもスルーはできただろうが、ばっちりと目が合ってしまっていればもう逃れようはない。僕はどこで間違えたのだろう？　神原と話し込んでしまったせい？

それともこんな場所で祝杯をあげたこと？　あるいは彼女と交際してしまったことだろうか？

「お久しぶりです、飯島さん」

仕方ないので声をかける。『鉄の女』らしく無視でもしてくれればありがたかったのだが、残念ながら彼女が有機生命体であることを僕は知ってしまっている。

「意外と元気そうだな、大木《おおき》」

社内ではいざ知らずプライベートでは『杏子』『幸大《ゆきひろ》』と呼び合っていた二人とは思えない乾いた空気が休憩スペースを支配する。僕が第三者なら絶対に逃げ出すだろう。その点では神原は正しい選択をしたのだが、残念ながら総務に自宅の電話番号を聞き出して『貴女の夫は浮気をしている』などとありもしないことを吹き込まざるを得ない。慈悲《じひ》はない。

「いえいえ、そうでもないですよ。その理由を説明するには17KBも必要ない。たった6Bで済みます、『空元気《から》』ってね」

自分でも驚くほどにトゲのある声になってしまったがそれくらいの権利はあるだろう。『皮肉じみた喋《しゃべ》りが気にくわない』って指摘《してき》されていた気もするが知ったことか。むしろ彼女を苛《いら》立《だ》たせるのに役に立つ。

「怒っているのか？　ならば反論すればよかったろうに」

男勝りで抑揚《よくよう》のない喋り。付き合う前後はクールだとか、かっこいいだとか、そんな感想を抱いていたのに今や『不愛想《ぶあいそう》な女』としか思えないのだからすごい。

「したところで結果は変わらなかったでしょう？　それにあれを読んで何もかも冷めたんだ、繋《つな》ぎ止める気なんて湧《わ》くはずがない」

あのメールが届いたのは就寝前。まず読むのに時間を要したし、それを噛《か》み締めたころには朝になっていた。きちんと出勤したことを褒《ほ》めてほしいくらいだ。

「なるほど、だからたった12Bの返信か」

『わかりました』とだけ返した僕を皮肉ったのだろう。こういう時に右眉《まゆ》をわずかに上げるのが彼女の癖《くせ》だってことを僕は知っている……今すぐ忘れたい無駄知識だけれど。

「もっとロマンチックな返信を期待していたとしたら、驚きです」

そう言ってすっかり冷めてしまったコーヒーを口にする。死ぬほどまずい、我が社は今すぐ出入りのベンダーを変えるべきだ。

「そうか……それもそうだな」

彼女の言葉にどんな感情が込められているのか残念ながら推測《すいそく》は働かない。あのメールを送った意図も、どれくらいこの恋の終わりにダメージや憎《にく》しみを持っているのかも、わかりやしない——考えたってもう終わってしまったことだからね。

ああ、けれど……たった一つ。たった一つだけ、浮かんでしまった。

確かめたところで、聞いたところで、何も解決しない上に、酷く不躾《ぶしつけ》な疑問——『彼女は本当に僕のことが好きだったのだろうか？』って。

『こんな人だとは思わなかった』なんていうのは別れる時の常套句《じょうとうく》だけれど、あの壮大な三行半《みくだりはん》はそのレベルを超えていた。裏切られた期待や予想なんてものを超えた僕の一挙手一投足《いっきょしゅいっとうそく》そのものを全否定するレベルのものだったのだ。可愛さ余って憎さ百倍だとか、あばたもえくぼの魔法が解けたとか、そういった類《たぐい》のものならばいいのだけれど困ったことに僕は彼女がひどく利口《りこう》な人だってことを知っている。観察眼が鋭く、判断力のキレは目を見張る……この歳で係長だってのも頷《うなず》ける程に。

そんな彼女ならば僕に告白する前に見限ることができたんじゃないか、気にくわない後輩だと切り捨てることだってできたじゃないか？

「……」

もちろん口にはしない。終わってしまった事実だけじゃなくこれまでの時間を全否定するような最低の質問だ——仁義としてNGだ。

けれど、

「もう行くよ、時間の無駄だ」

その言葉を聞いた瞬間、僕の中で何かが外れた。

時間の無駄？　言うに事欠いて貴女はそう言うのか。

致命的に合わない趣味をどう近づけたかとか、二人きりですら自《みずか》ら話し出さない相手にどれだけ話題を続かせようとしたかとか、この人にセックスという概念が存在するのだろうか悩み果てた挙句《あげく》ベッドに誘う時に中学生みたいに緊張したとか……そんな思い出が駆け巡《めぐ》る。努力をしたのは僕の勝手だ。その対価を求めるなんて馬鹿《ばか》げた話……けれどその代わりに好意っていう燃料があったんだ。

僕は飯島杏子に、それくらい惚《ほ》れていたのだ。

今となってはその理由は思い出せないけれど。

「一つ、いいですか？」

けれどそんな思いは一瞬にして砕《くだ》かれた。

あのメールに至《いた》るまで僕はそんな予兆を感じることすらできなかったんだ。だってそうだろう？　彼女は気持ちが離れているそぶりなど見せず、春になったら旅行しようだなんて約束までしていたんだぜ？

わかるはずがない。もしわかるという御仁《ごじん》がいるなら今すぐ恋愛教本を書くべきだ。ベストセラー間違いなしだ、僕が保証する。

それくらい、この別れは青天の霹靂《へきれき》だったんだ。

別れそのものには納得している。仕方のないことだと諦《あきら》めている。けれど、その理由については僕は一切理解できていない——人はこれを理不尽って言うんですよ、飯島さん。

「……なんだ？」

だったら僕も一度くらい人道を外れてもいいでしょう？

呪《のろ》ったっていいでしょう？

いや、これは真実かもしれないからただの指摘かもしれない。だってそうだろう？　僕と付き合おうが、別れようとしようが、その素振りが見えないってことはさ……

「飯島さんって最初から僕のことなんか好きでもなんでもなかったんじゃないですか？」

瞬間、顔面にばしゃりと生温《なま》かい液体が浴びせられた。

垂《た》れ落ちるそれが目に染《し》みて、香ばしい匂《にお》いが鼻をついて……そうしてようやく、僕はコーヒーをかけられたのだと気づく。

「人生最大の侮辱《ぶじょく》だ……」

顔を紅潮《こうちょう》させ、目元を潤《うる》ませたとても悲しげな――今まで一度たりとも見たことがない表情が見えたのは一瞬のこと。いつもの鉄面皮《てつめんぴ》に戻って、

「死んでしまえ」

トドメとばかりに紙カップを僕に投げつけて彼女は去っていった。

「……ははっ」

壁にもたれかかって、思わず笑う。

彼女をきちんと傷つけられたことが少しばかり愉快《ゆかい》だった――そして己《おのれ》の醜悪《しゅうあく》さに自己嫌悪する。

彼女に愛されていたことを確認できて喜んでいる自分がいた――未練たらたらの情けなさで死にそうだ。

彼女とは別れて正解だと納得できて大満足だ――同時に仁義にもとるクソ野郎に成り下がったけど。

「ああ、最低じゃないか」

そう、実に最低だ。そんなだからフラれるんだよ、僕は。

彼女は正しい選択をしたんだ。

コーヒーまみれで席に戻ったら、神原はおろか他の同僚や上司にまでドン引きされて『いいから休め、帰れ、な？』と会社を放り出されてしまい、仕方なく日が高いうちから居酒屋に入ってたらふく飲んだことだけは覚えている。

けれど、

「ほーら、大木くん。寝たらあかんよぉ……はい、ええ子や」

いつの間にかテーブルに突っ伏していて、あまつさえ小柳さんに頭を撫《な》でられ身体《からだ》を起こすことになっているというのは想定外の事態だ。

「ええと……」

どうしているんですか？　と聞かない判断力だけは残っていたことを神様とかそういったものに感謝しつつ携帯を確認。

時刻は21時過ぎ。15時頃の小柳さんからのＲＩＮＥにしつこく酒に誘う自分の文面に天を仰《あお》ぐ。

「すいません、最低です」

これはもう平謝りである。

「ええよええよ、なんかキミがああいう風に誘ってくるの新鮮やったし、お酒は大好きやからな」

カランと焼酎ロックを傾けて、

「それに、まぁ……その理由も聞かせてもろたし」

小柳さんがにやりと笑う。

おいおい、嘘《うそ》だろう？

「僕、何を言いました？」

「んー？　カッターシャツがなんでコーヒー色なんか、とか」

おいおい。

「元カノさんとの会話とか」

マジか。

「何であんなこと言ってしまったんだろう、とか？」

オー、ジーザス！

「最低だ……」

「ちなみにその『最低』、そろそろ30回目ぐらいやからね」

お願いだ、誰か今すぐ殺してくれ。なんというかさ、この恥《はじ》だけは小柳さんには晒《さら》したくなかったんだ。

「何この世の終わりみたいな顔してんの？　ええやないの、うちらはフラれ男にフラれ女……傷舐《な》めおうてなんぼやろ」

きっとこの言葉には何一つ嘘なんてないのだろうけど、それでもどこかたまらないものがある。相手が神原だったら絶対にこんな気持ちにならないのだけれど。

「あはは、いつもシュッとしてんのに、こうやってあかん感じになってるの、なんか可愛いな……ってこれは男の子に使う言葉ちゃうね、ごめんな」

ああ、小柳さんの落ち込むのが馬鹿らしくなるような底抜《そこぬ》けな陽気さが今はありがたい。もうやってしまったことは仕方がない、ここはもう素直に甘えることにしよう。

「構いませんよ。はぁ……いや、でもまだ未練が残ってたなんて自分でも驚きです」

正直味なんてわからないけれどハイボールとおぼしき液体を口にして思いを吐き出す。

「ええやんか。ありすぎるのも考えもんやけど、綺麗《きれい》さっぱりってのも冷たい話や。大木くんはええ子や」

「でもやっぱり言っちゃいけなかったですよ、『好きでもなんでもなかったんじゃないですか？』なんて。最低だ」

カラン、と小柳さんのグラスが響いて、はぁ、と小さな溜息《ためいき》。顔を上げて彼女を見ると少しだけ不機嫌そうに見えた。

「あんなぁ？　今はちょっと酔いが醒《さ》めてるっぽいからいうけどな、そう自分を責めるもんちゃうよ。うちは、キミのことええ子やって言ったんやで？」

ああ、酔っているから認識を誤ったんだ、これは『ちょっと怒っている』だ。

「短い付き合いやけどな？　大木くんは誠実で真面目《まじめ》な子や。そんな子がなどうがんばってもうまいこといかんかってん、元カノさんのこと知らんから悪ぅ言うつもりもないけどね、変わった人やと思うで？　うちに言わせてもろたら『相手が悪かった』ていうか『見てる世界が違った』とかそういう類の話や。爆発してもしゃーないやん。だからな、大木くん……あんまり自分を責めんでええと思うよ。そうしてるトコ見んのは……なんかこう、悲しいいうかムカつくいうか……ああ、うちも酔うてしもたんかな？　とにかくもやっとすんねん！」

両手を大きく動かすオーバーアクションを交えて小柳さんは一気にまくしたて、僕はそれをポカンと見つめていた。

この情けなさに苛立たれるならともかく、こんな風に高く買われるだなんて想像していなかったものだから。

数時間酒に溺《おぼ》れても消え去らなかったモヤモヤがたった数フレーズで晴れた気がしたものだから。

「小柳さん」

「なんや？　まだ最低や言うんやったらしばきたお……」

「ありがとうございます」

ただただ真《ま》っ直《す》ぐに、感謝を伝える。多分それが一番小柳さんに届くと思ったから。

「……わかったらええねん」

振り上げかけた腕を下ろして、彼女はグラスを傾け……それが空《から》になっていることに気づいて頰《ほお》を染めて目を逸《そ》らす。

「注文します？」

「今日はこのへんにしとく……大木くんヘロヘロやし、うちまで飲み過ぎたら共倒れやしね」

肩をすくめてみせて彼女は店員に勘定《かんじょう》を頼む。

る。

「あ、払いますって」

財布《さいふ》を出す小柳さんを見て慌《あわ》てて鞄《かばん》から財布を取り出そうとすると、小さな手がそれを制する。

「ええって。今日はうちのおごりや」

それはよくない。ほとんど僕の飲んだ分だし、無理矢理呼び出したようなものだし。

「この前うちが潰《つぶ》れた時、払ってくれたやん」

「最初にあった時は小柳さんのおごりでしたよね？」

「ほな、今度は大木くんのおごりやね」

それだけ言われてしまうと反論が浮かばない。その隙《すき》に彼女は流れるような手つきで（実際は僕の動きが緩慢《かんまん》なだけなのかもしれないけど）テーブル会計を済ませ、ニコリと笑うのだった。


情けないというべきか、当然の帰結というべきか……店を出たあたりからの記憶は曖昧《あいまい》だ。

立ち上がったことで見事に酔いが回ってふらふらになってしまったのは間違いない。

そんな僕に小柳さんが肩を貸してくれて——身長差が身長差だけにむしろ頭にもたれているというか、添え木代わりにしてるというか、なんとも申し訳ない恰好《かっこう》になってしまっていたことも覚えている。

でもそれ以外は怪《あや》しい。

残っているのは『重っ！　重たっ！　ちょっ、大木くん寝てるやろ⁉』とか『抱きつくなぁ！　歩かれへんやろっ』だとか『住所、なぁ、大木くん住所！　あー、もう。すんません、場所はわかるんで高田馬場《たかだのばば》まで』なんていう断片的な彼女の声だけ。

あとは目を開いたら早朝で、頭が痛くて、何故《なぜ》か部屋に入ってすぐのところで壁に寄りかかって眠る小柳さんの膝《ひざ》を枕にしていた。

まぁ、大体の想像はつく、酔いつぶれた僕を送り届けてそのまま力尽きたのだ。酷い重労働をさせた上に身体の休まらないところで眠らせてしまって申し訳ない。風邪を引いていなければいいのだけれど。

小柳さんを起こすべく肩を揺すると、

「……」

どうやら熟睡のご様子。このまま寝かせてあげたいのはやまやまなんだけれど、今日は金曜日。つまりは、僕にも彼女にも等しく出勤というノルマが課せられている。せめて身だしなみを整える時間は確保しないと。

「小柳さん、小柳さん」

今度は少し強めに揺さぶってみる。すると、その手を振り払うように彼女は身を捩《よじ》り、

「なんやの、ユウヤ……」

その言葉に動きが止まる。

ユウヤ、というのはきっと小柳さんの元恋人のことだろう。その名前を彼女が呼ぶことに僕

が感想を抱く必要も権利もありはしない。それが夢現《ゆめうつつ》であればなおのことだ。

けれど、胸の奥が疼《うず》いてしまう。

「小柳さん、僕はユウヤさんじゃないですよ」

だからだろう、想像よりも鋭く大きな声が出てしまった。

これは決して嫉妬《しっと》なんかじゃないはずだ……あえていうなら、そう、悔《くや》しいのだ。散々《さんざん》飯島杏子のことで思い悩んで一つの決着を迎える一部始終を見守ってもらったっていうのに、僕は小柳さんに何もできていないんだって……猛烈に恥《は》ずかしくてたまらないんだ。

こればかりは何といわれても最低ってやつですよ、小柳さん。ごめんなさい。

「ん……あれ？　あー……」

そんな僕を他所《よそ》に彼女の大きなディープグレイがぱちりと開いて、眠たげに『おはよーさん』と微笑《ほほえ》む。どうやら寝言のことも、僕の声も意識の外だったようで安心した。

「おはようございます。昨夜は大変ご迷惑をおかけしてすいませんでした」

それならば僕も何もなかったことにして、素直に謝辞《しゃじ》を述べる。

「あー、ええよええよ。あはは……そっか、うち、力尽きたんやねぇ」

『よっこいせ』と起き上がり『うわぁ、身体バッキバキやん』と腰をひねり苦笑する小柳さんにもう一度頭を下げて、

「今から武蔵関《むさしせき》というのも面倒《めんどう》でしょうし、シャワー使ってください。その間に何か朝食用意しますから」

と言うと、小柳さんはう－ん、と首を捻《ひね》り、

「大木くんとこ、忙しいん?」

と、意外な問いかけをしてくる。

仕事のことを言っているのだろう。僕個人で言えば懸案はまとまって急ぎの約束はないし、周囲もコーヒーまみれの僕に今すぐ帰れって言ってくれるくらいには余裕があるのは確かだ。

「じゃあ、休もっか?」

「はい?」

「お互い、こういう目覚めや。仕事いこかーって気分でもないやろ? だから、休まへん?」

なるほど。そういう話なら有給はたっぷり残っているし、反対する理由もない。休みを告げると神原あたりにものすごく邪推《じゃすい》されそうだが、まぁいいさ。

「いいですね」

そう答えると、小柳さんは嬉《うれ》しそうに目を輝かせて、

「で、社会人にとって平日休みとか貴重やん? 折角《せっかく》や、どっかいこ。空《す》いてるでー?」

「確かに、平日休みなんて久しぶりです」

「やろ? どこ行く?」

急に言われると難しい。何やらあれこれと行きたい場所があったはずなんだけど。平日、平日ねぇ? ええと……

「すいません、銀行の定期の更新しに行かなきゃぐらいしか浮かんでこないです」

　あんまり溜《た》めを作るものでもないと口を開いたら、我ながら恥ずかしい答えになってしまった。

「あははは、確かになっかなか行けへんもんなぁ働いてると。まぁ、それやったらうちの案に乗ってもらおかな」

　もちろん断る理由なんてない。むしろ、

「奢《おご》りますよ。昨日ご馳走《ちそう》になったんで。で、どこに？」

　僕の問いに、小柳さんはピッ、と人差し指を一つ立てて、

「ミスキーランド」

　……最後に行ったのはいつだろう？　大学時代にデートで行ったっきりとかそんな感じ？

　いや、それにしてもミスキーランドが飛び出してくるとはちょっと想像していなかった。スイーツバイキングとか大人気のランチとかそういったのを予想していたものだから。でも、うん……ミスキーか。いいかもしれない、いや、むしろベストな選択だ。平日の方が間違いなく楽しめて、しかも一人じゃ行けないところだし。

「いいですね。それにしましょう」

　遊園地、というとどこか尻込《しりご》みするけれどミスキーランドとなると話は別だ。いくつになっても不思議な引力がある。きっとあそこには夢の国的な魔法がかかっていて、僕らはまんまそれにかかってしまっているのだ。

「よっしゃ、じゃあ決まりで。それならまずは、大木くん……さっさとシャワー浴びておいで」

え？　と首を傾《かし》げる。もちろん僕も浴びるつもりだったが、女性の方が時間がかかるだろうから先にって言ったつもりだったのだけれど。

「気づいてへんの？　あんた、奈良漬《ならづけ》みたいに酒くっさいねんで？」

言われて初めて僕は、染みになったコーヒーの香りなんて吹き飛ぶくらい酒の匂いが染みついていることに気がついて、酷く恥ずかしくなるのだった。

4　小柳さんと夢の国。

「あっはっはっ、これは……こりゃおもろいなぁ！　あはははっ、お腹《なか》いたい、あはははは！」

トイレから出てきた僕を見るなりゲラゲラ笑い転げる小柳《おやなぎ》さんがどうして出来上がったのかについて、いくつかの説明が必要だろう。

まず一つ目。

ミスキーランドの開園が朝8時からだってことに気づいたってことだ。

目覚めたのが早かったのが功《こう》を奏《そう》したのか、むしろ無駄な焦《あせ》りを生んだのか、超特急で準備すれば間に合うという事実と『どうせなら朝イチから遊ばなもったいないやろ』という小柳さんの一声により僕らは通勤ラッシュの始まりかけた列車に飛び乗ることになった。

スーツで。

『別に大木《おおき》くんはええんちゃうの？』とは小柳さんの談だが、彼女の着替えがない以上、僕だけが私服というのはアンバランスだ。それならこちらも仕事着の方がいいだろうという判断。

着替えは駅ナカとかで買えばいいって思っていたのだ。

そして二つ目。

朝8時開園に間に合うような服屋なんてあるはずがない。

夢の国に向かうことに気を取られすぎてそのことを失念《しつねん》していた。

そして三つ目。

ミスキーランドでスーツというのはこれでもかってぐらい浮いていたってことだ。

『仕事で調査にきたんちゃうかって思われそう』という小柳さんのコメントは的《まと》を射《い》ていた。

以上、三つの要因から僕らはゲートをくぐってすぐの土産《みやげ》物売り場が立ち並ぶエリアでそれなりの私服を購入しようという運びになったのである。

そこで遊び心を出したのは小柳さんだ。

「折角《せっかく》やから、お互いの服を買ってくるというのはどうやろ？」

この時僕がもう少し唐変木《とうへんぼく》だったら、きっとこんな結果にはならなかったことだろう。けれど僕は彼女の楽しげな表情を曇《くも》らせるほど野暮《やぼ》ではなかったし、何より夢の国の魔法ってやつに少なからず毒されていた。

まぁ、事情はここいらで察していただけただろう、とにかく僕はスーツの方がまだマシだったんじゃないかって珍妙《ちんみょう》な恰好《かっこう》で小柳さんに笑われているわけだ。

まずはパーカー。

様々にカラーリングされたリッキーとリリーの顔がこれでもかって散りばめられたやつだ、ピンクの。

夜道を歩いてもこの派手《はで》さならば間違いなく交通事故にはあわないだろうし、そもそも人が近寄ってこないと思う。いい歳《とし》こいた男がこのピンクは酷《ひど》い。

次にTシャツ。これもなかなかの逸品《いっぴん》で、ただの黒Tかと思えば胸元にでかでかと『トーキョーミスキーランド』って白文字が躍《おど》っているのだ。本当にこれはミスキー製なのか？　そう問いかけたくなるダサさはなかなかのレベルだ。もちろんパーカーで隠すことは許されない。冬だっていうのに酷い話じゃないか。

さらに追加で用意されていたのはカチューシャ——ほら、リッキーの耳がついてるのあるだろ？　でも小柳さんが用意したのはリッキーの手がくっついたやつだ。つければ左右45度ぐらいの角度でリッキーハンドが頭にパッ、と生《は》える。

開発意図を問いたい。そんなアピールをしなくたってミスキーは十進法を採用しているだろうに。

以上三点を装備した180センチ前後の男が僕だ。

「コンセプトは『はしゃぎすぎたおのぼりさん』や」

ああそうですか。ええ、いますよね東京駅辺《あた》りでも正気に戻りきれてないこういう人。

ちなみに小柳さんの服装はといえば、程よく雪の結晶とリッキーが並ぶ白のセーターにワンポイント入りのスタジャン。寒くちゃいけないだろうって気を遣《つか》った僕がバカみたいだし、これくらいのシャレはあってもいいだろうって追加購入したリリーのリボンをかたどったニット帽なんてこっちに比べたら面白《おもしろ》みの欠片《かけら》もない。

「完全に失敗でした。ああいう誘いを受けた場合はもっと容赦《ようしゃ》なくやるべきでした」

「あははは、そうやで。普通に可愛《かわい》らしいの選んでからに……いや、嬉《うれ》しい話やねんけどね？　あ、そうや。お礼にそのリッキーの手のやつとこの帽子交換する？」

　さらにピンクまみれにさせる気だ、この人。

　それは丁重《ていちょう》にお断りして、荷物をクロークに預けた僕らは漸《ようや》くミスキーランドの住人となったのである。

　夢の国には確かに魔法がかかっているのだと思う。

　子供みたいにはしゃぐわけでもないけれど、かといって達観《たつかん》しきった目で見られるわけでもなく、心の中の普段使っていない部分が騒ぎ出す感じ。お陰《かげ》で『はしゃぎすぎたおのぼりさんコーデ』もいつの間にかどうでもよくなっていた。それは隣を歩く小柳さんも同じのようで、地に足が着いていないというか、浮《う》ついているというか、とにかく楽しそうだ。

　まずはビッグワンダーマウンテンだ、あのでっかい船には乗れるのか、そういえば最近スペースジェットがなくなったらしい……やいのやいのと言いあいながら歩き回るうちに時間は恐るべき速さで過ぎ去っていき、待ち時間が1時間を超えるアトラクションも出るくらいには人の数も増えてきていた。

「すごいねぇ、流石《さすが》ミスキーやねぇ」

「休日に比べたら天国ですけど、やっぱりすごいもんですね。学生の時にも来たはずなのにどれだけ待ってたかなんてすっかり忘れちゃってます。小柳さんもやっぱり最後に来たのは学生の……あれ？」

　ふと隣を見ると小柳さんの姿がない。話の途中だ、何かを見つけて走っていったってわけでもなかろうにと後ろを振り返ると、アジア系観光客の集団と学生の集まりに引っかかっている彼女の姿を見つける。どちらの集団も大いに盛り上がっている様子、ただでさえ注意散漫になっているところに小柳さんの小ささだ、一切気づくことなく押し流していってしまったのだろう。

「小柳さん！」

　少しだけ大きな声を出して駆け寄ると、そこで漸くそれぞれの集団も彼女の存在に気づいたようで、ペコリと頭を下げて去っていく。

「人に流されるのはまぁ、ええよ？　混《こ》んできたしなぁ。でも気づいてもらえへんのはどういうことやねん」

　僕もこの背の高さで不利益を被《こうむ》ったことは多々あるけど小柳さんも逆方面でコンプレックスはあるのだろう。けれど口を尖《とが》らせる彼女がなんだか可愛らしい。

「何わろとんねん」

　その気持ちが表に出てしまったのか、わき腹をぺしっと小突《こづ》かれる。

「いやいや、そういうつもりでは」

　折角のミスキーランドなのだ、せめてここでは楽しいことだけにしておきたい。となれば同じようなアクシデントは起きないようにしておくべきだろう。

「じゃあ、こうしましょうか」

こちらにのびた小柳さんの手を取って、握り締める。こうしていれば流されることもはぐれることもないだろう。『子供扱いしてからに』と余計に怒られるかもしれないけど。

「……」

けれど彼女の反応は想像とは違って、ぽかんとその手を見つめてそれからまじまじと僕を見上げるものだった。

「どうかしましたか？」

「大木くん……キミってたまにドキッとすることするなぁ」

え？　とこちらも驚いて、摑《つか》んだ手に目をやる。

ああ、確かに手をつなぐなんて子供ならいざしらず酷く特別なことだ。それなのに僕ときたら軽率《けいそつ》にこんなことを……

「いや、その……」

だったら手をすぐに離せばいいのに、何故《なぜ》だか握り締めた手が言うことを聞かない。きっと夢の国の魔法のせいだ。摩訶《まか》不思議な力でもって操《あやつ》られているのだ。そうに違いない。

「ほら、はぐれちゃいけませんし」

僕の言葉に小柳さんの口元がにぃ、と上がり、

「ふーん。まぁ、ええけど」

つないだ手はそのままに、歩き出す。

「いやぁ、それにしてもスッ、ときたね、スッ、と。キミはアレや……たらしやな？　他の子にもこうしてるんやろ？」

やけに弾《はず》んだ声で問いかけてくるのはきっとからかっているのだろう。

「しませんよ、そんなこと」

「せやね、知ってる。大木くんはそーゆー子やないもんねぇ」

「じゃあ言わないでくださぃ」

さっき口を尖らせてぶーたれていた人はどこへやら、絶好調って感じだ。けれどこういうのは悪くはない。いや、むしろいい部類の話だと思う。

結局僕らは、それこそ必要にかられた時以外はずっと手をつないでミスキーランドを回っていた。リッキーと写真を撮る時も、ハイチの海賊《かいぞく》船に乗っている間も、エレキテルパレードを眺《なが》めている時も、ずっと。

一度手を離す機会があればそれでおしまい、でもよかったはずなんだけれど……どちらともなく再び手を取り合っていた。

それは帰りの電車でもずっと続いていて、夢の国の魔法ってやつはなかなかに強力だ。

強力、といえば……

「流石に帰ってくると見慣れたそのかっこも浮いてくるな？」

『はしゃぎすぎたおのぼりさん』コーデは結局着替えることは許されず、小柳さんを送るため降り立った武蔵関《むさしせき》駅でも健在だ。浮かれ気分が残っているうちはいいけど、多分一人で高田馬《たかだのば》場《ば》に戻る時に猛烈にきつくなるやつだ。

「まぁ、もういいですけどね……」

そういうのもひっくるめて休日だし、何より楽しかった。小柳さんと一緒にいるときはたいてい愉快《ゆかい》だけれど、今日は特に。

「あぁ、楽しかったなぁ」

自分の考えが口に出ていたのかと思うくらいドンピシャのタイミングで彼女が呟《つぶや》く。

「これまでの人生で一番楽しかったかも」

屈託《くったく》のない笑みでそう言われると、大げさですよなんて野暮なことも言えない。ただ頷《うなず》いて、その一助になれたことを素直に喜ぶしかなくなってしまう。

「ズル休みしてよかったわ。明日も休みやし、言うことないで」

「有休は別にズル休みじゃないでしょ、労働者の権利です」

「せやけど、なんかワクワクしたやろ？」

「それは否定できません」

お互い社蓄《しゃちく》根性が染《し》みついてますね、と笑いあって程なくして小柳さんの住むマンションに辿《たど》り着く。古いけれどきちんと手入れされている感じ、オートロックじゃないのが女性の一人暮らしにはちょっと不安が出るけれど……一部屋の広さを想像するに同棲《どうせい》のために大きな部屋が必要だから諸々《もろもろ》を切り捨てたってところなのだろう。

今日は楽しかったです、そう言って別れることもできた。

今日は楽しかったわぁ、そう言って別れを切り出されると思っていた。

けれどそのどちらも起こらなくて、僕らは手を離すことなく彼女の部屋をだらだらと目指した。

これじゃあ送り狼《おおかみ》みたいですね、と言おうと思った。

なんや？　送り狼かいな？　と小柳さんなら言うはずだ。

けれどそんな軽口が許されないような緊張感が――それは決して抜き差しならないというわけではなくどこか甘ったるいそれだったけれど――僕らの間にはあったのだ。

「着いてしもたねぇ……」

ぼそりとそう呟いて彼女が立ち止まったのは２０３号室。手を離さないまま鍵《かぎ》を取り出し、

「なぁ、折角やし……お茶でも飲んであったまって……」

魅力的でこれ以上なく正解に近いお誘いを口にしかけて、止まる。つないだ手が小刻《こきざ》みに震えて、きゅっと握り締められて何事かと彼女を見やると扉を見つめたまま青ざめた表情で凍《こお》りついていた。

「……」

その視線を追って僕も仰天《ぎょうてん》する。２０３号室の入り口が、半ドアになっていたのだ。

小柳さんは一人暮らし……ドアを開け閉めできるのは彼女しかいない。とすれば、結論はただ一つ……泥棒《どろぼう》だ。

「落ち着いてください。まずは警察に連絡を」

小声でそう囁《ささや》いて、彼女を庇《かば》う形でドアとの間に割って入る。

「そ、そやね……」

こわばったままの表情で携帯を取り出す小柳さんの手は震えていた。

「大丈夫。大丈夫ですから」

根拠なんてもちろんない。

今すぐ通報したとして、ここまで警察が駆けつける前にこの扉が開いたとしたら……どうすればいいのだろう？　彼女を守るためには今すぐここを離れるべきだろうか？

そんな思考が頭の中をぐるぐるしているけれど、僕は果たして上手《うま》く虚勢《きよせい》を張れているだろうか？　せめて彼女の不安が1ミリでも軽減されるくらいには。

けれどそんな僕の考えを見抜いていたかのように、背後から扉の開く気配。

「……っ！」

正直、後から考えても正しい反応だったかどうかは定かではない。けれど、とっさに身体《からだ》が動いたのだからしょうがない。僕は振り向きざまに犯人めがけてタックルして、足が縺《もつ》れたのをいいことにそのまま押さえつけていた。

「んだよ！　てめぇ！」

体格と声で相手が男だということはわかったけれどそこに何か感想を抱く余裕なんてなかった、マウントをとった有利にまかせて必死に押さえ込むだけ。できれば何か拘束《こうそく》するものでもあればいいんだけれど、生憎《あいにく》そんなものを探す余裕はない。

「っ！　いてっ！　おい馬鹿《ばか》やめ……」

廊下に何度も犯人の頭を打ちつける。こんな取っ組み合いをした経験なんてないから力加減がよくわからないけれど、抵抗する力が弱まっていくのだから多分効果ありなんだろう。こちらの方が体格がいい分、経験不足を補えたようでありがたい。無駄に大きな身体が初めて役に立ったんじゃないだろうか。

「……」

大勢は決した。それを見てなのかは定かではないけど、後ろに小柳さんの気配を感じた。いくらなんで危ないですよ、そう言おうとするより先に……

「……ユウヤ？」

聞き覚えのある名前が彼女の口から飛び出した。

ええと、もしかして……いや、もしかしなくても……僕が今、組み敷いている泥棒って、小柳さんの元恋人さんですか？

あの、小柳さんの留守中に別の女連れ込んで一戦やらかしてたっていう？

「……んだよ」

聞くまでもなくそれを裏付ける声が返ってきて、僕は呆《あき》れ返る。

小柳さんを裏切っただけでは飽き足らず、今度は空《あ》き巣ですか。なかなか随分《ずいぶん》な人のようだ。

あーあ、どうしてくれるんだ。『ユウヤ』で始まったけれどとてもステキな一日だったのに、結局『ユウヤ』で台無しになってしまったじゃないか。

とりあえず、もう一回だけ痛めつけておこう。

「っ……!?」

思ったより大きな音で廊下が鳴って、ユウヤ氏は僕を睨《にら》みつける。

それがとてもとても、不快だった。

5　小柳さんと203号室。

中川裕也《なかがわゆうや》、それが泥棒《どろぼう》の名前だった。

金髪に染めた髪は生え際《は》から10センチは黒になってしまっていてプリンみたいになっているし、スウェットの上下はよれよれだし、なんだかわけのわからないところにまでピアスがびっしりだし……恋人の家に別の女を連れ込むというエピソードはものすごくしっくりくるのに、小柳《おやなぎ》さんの恋人だったということが全く想像できない……そんな御仁《ごじん》だった。

「ったく、あれだけのことやらかした挙句《あげく》に？　部屋をめっちゃくちゃに荒らして泥棒？　どういう神経しとんねん」

泥棒が裕也氏とわかってからの小柳さんの怒りは相当なものだった。ミスキーで着替えたとはいえ、下はパンツスーツでよかった。スカートだったら、あんなに蹴《け》りを入れまくったら下着が見えてしょうがなかっただろう、ってくらいに。

とりあえず警察に突き出す前に私刑を下そうと思ったのか、元恋人のよしみというやつなのかはわからないが、近所迷惑になる前に扉を閉めて室内で彼をビニール紐《ひも》で芋虫《いもむし》のように縛《しば》り上げて現在に至《いた》る。

「んだよぉ、俺がここに帰ってきちゃだめだっつーのかよぉ」

盗人猛々《ぬすっとたけだけ》しいというべきか、厚顔無恥《こうがんむち》というべきか。僕が呆《あき》れるより先に小柳さんの足が裕也氏のみぞおちに食い込む。

「ふざけんな。合鍵《あいかぎ》返す前にもう一本用意しといたんか？　全く油断も隙《すき》もあらへん」

彼を追い出す際に鍵を奪い取ったはずなのに、と調べてみたら見慣れない合鍵が一本。正直、ゾッとする話だ。小柳さんが一人の時に裕也氏が入ってきたとしたらどうなっていたことやら。

「頼むよ姫子《ひめこ》ぉ、許してくれよぉ」

何の反省もない、全く悪びれもしない、馴《な》れ馴《な》れしい声。

苛立《いらだ》ちのままに彼の頭を床に叩《たた》きつける。

君はバッグに詰められた盗品を取り返す作業をしている小柳さんを見て何も思わないのかい？　通帳やアクセサリならいざ知らず、下着まで元恋人に盗まれかけた彼女の気持ちがわからないのかい？

「ってぇな、てめぇ！　ていうか誰だよお前、愉快《ゆかい》な恰好《かっこう》しやがってよぉ！」

言われて初めて気がついた。そういえば僕は小柳さんコーデのまま格闘を演じていたのか。そりゃああまりに愉快だ、というかあちらからすればホラーに近いかもしれない。ああ、それにしてもカチューシャが外れていないのには驚きだ。ホールド力が素晴らしいと後でレビューを送っておこう。

「じゃあ、そんな愉快なのに捕まった貴方《あなた》は滑稽《こっけい》ですね」

この衣装は小柳さんを笑わせるものであって決して裕也氏を愉快にするつもりのものではなかったのだけど、結果的に嫌がらせになったのなら僥倖《ぎょうこう》だ。

「はっ、なんだよ姫子。結局お前だって変わんねーじゃねえか。俺を追い出してそれほど経《た》ねーうちにこんな変な奴《やつ》連れ込んでよぉ。あんたもこんな尻軽《しりがる》のどこがいいんだ？　なぁ？」

これまで黙々と盗品の確認をしていた小柳さんの首がこちらを向く。今まで一度たりとも見たことのない、感情の抜けきった顔。

ねぇ？　裕也氏。君には彼女はどう映ってる？　どうしようとしているかわかる？

「へっ、なんだよ？」

わかるだろう？　ずっと付き合っていたなら。僕にだってわかるんだから。

「……」

一歩、二歩、小柳さんがゆっくりとこちらに歩いてくるのに合わせて僕は裕也氏の身体《からだ》をぐいと引いて起き上がらせる。

「おい、てめぇ！　放せよ！」

誰がお前の言うことなんか聞くものか。

「おい姫子、お前からも何か言って……」

ばちん、と快音が響いた。

右手を大きく振りかぶってからのフルスイング。

打ち据《す》える瞬間吊《つ》り上がった柳眉《りゅうび》に、憎《にく》しみだけではない複雑な色に染まった瞳《ひとみ》に、開けば何かが飛び出しそうなのを嚙《か》みしめるように固く結んだ唇《くちびる》に、裕也氏は生涯《しょうがい》気づくことはないだろう。

「っ、てぇぇぇ！　何すん……」

今度は左の平手。彼の位置を僕が調整するまでもなく見事に頰《ほお》を捉《と》えたクリーンヒット。

その表情は先程よりも少し歪《ゆが》んでいた。そりゃあそうだろう、人を殴れば自分だって痛い。

そしてその痛みは心の痛みと合わさって、より痛くなる。

これ以上は小柳さんには辛《つら》すぎるだろう、そう考えて止めに入ろうとした矢先のこと、聞き慣れない着信音が部屋に響き渡る。

「……っ！」

爆発寸前の小柳さんがピタリと動きを止めて、僕がその音の発生源が彼のポケットにあることに気づくころには、裕也氏は持ち前の厚顔無恥を発揮《はっき》して電話に出させろだのお前ら許さねえだのと罵詈雑言《ばりぞうごん》をまき散らしていた。

ちらりと見上げた小柳さんと目が合う。

別に何か言葉を交わしたわけではなかったけれど、目は口ほどに物を言う。

曰《いわ》く、こいつはもう駄目だ。

「……大木《おおき》くん」

「アイアイマム」

小柳さんの号令に従い、僕は裕也氏のポケットから携帯を取り出し、そのまま流し台のシンクに放り込み、蛇口《じゃぐち》を捻《ひね》る。

「あーっ！　てめぇ何しやがる！」

仕方ないだろう、電話を切らせるために君を解放するのは愚《ぐ》の骨頂《こっちょう》だ。だったら物理的に処理するしかない。

え？　そんなことしなくても止められるって？　ははは、嫌がらせだよ。

程なくして防水加工されていない携帯は沈黙。ただの板切れに成り下がる。

「おい！　べんしょーしろよ！　お前何やったかわかってんのかよ!?」

もうやだ、この人。

そんな僕のうんざりした気持ちを汲《く》んでくれたのかはわからないけれど、小柳さんの蹴りが彼の側頭部に入る。

「この程度で済んでありがたいとはおもわんの？　もうええわ、帰り。二度とうちにそのツラ見せんといて。次はしばきたおすだけや済ませへんで」

まぁ小柳さんならそう言うだろうな、とは思った。別に元恋人への情がどうこうとかじゃなくて、もはや彼のために一分一秒でも時間を使うことすら嫌になって警察に突き出すことすら面倒《めんどう》になってしまったのだろう。こんな奴がどうしてこれまで生きてこられたのだろうか不思議だったけれど、きっとそういうことなのだ。

もはや罰《ばっ》する時間すら勿体《もったい》ない。

とはいえ、これでは少し弱い。

こういう手合いは反省なんてしないんだから。

「えー裕也さん、でしたっけ？　これまでの会話全《すべ》て録音させていただいてます」

「は？」

僕の言葉に裕也氏どころか小柳さんまで目を丸くする。

「職業柄、言った言ってないのトラブルが多いもので、クセみたいなもんですかね？　貴方を捕まえた時からずっと……こちらのほうで」

ポケットから僕のスマホを取り出してアピール。もちろん画面なんて見せない、これは嘘《うそ》だからね。けれど彼がそれに気づけるほど利口《りこう》ではないことはもうわかりきっているので。

「つまりですね？　僕らはいつだって警察に通報できる、という……ああ、今も録音してますから暴言は控《ひか》えた方が身のためですよ？」

もはや口を開かれるだけで不快なので念押しすると、裕也氏は舌打《したう》ちで応《こた》えてくれる。ああなんてお上品なんだ。

「つまり、僕らはいつだって貴方を警察に突き出すことができます。そこを小柳さんはあえて飲み込んで、これで手打ちにすると言っているんです。これ以上ないいい条件だとは思いますが？」

実際、仕事の打ち合わせで録音することはよくあるのだけれど、世の中何が役に立つかわからない。まぁ、今は録音してないからバレないとはわかっていてもヒヤヒヤしてるけど。

「脅《おど》すのかよ？」

「いえ、その必要性ないですよね？　こちらは被害者でそちらは加害者。脅す意味ないですよね？　むしろこれは譲歩《じょうほ》です。気にくわないのであれば一万歩ぐらい譲《ゆず》って『交渉《こうしょう》』と申し上げましょうか？　今後一切、小柳さんと関《かか》わらず迷惑をかけなければこの音声が警察にわたることはない……。どうされますか？」

さて、普通に言葉が通じるのであればこれで話は終わりなんだけれど……

「ちっ、わかった。はいはい、わかりましたよ」

よかった、かろうじて人類だったようだ。人類であることがものすごく残念だけれど。

小柳さんにこれでいいですか？　と視線を送って頷《うなず》くのを確認して、彼女の安全のため部屋に待機するように告げて、裕也氏を外に運び出して拘束《こうそく》を解く。

「はい、お疲れ様でした」

「お前、覚えてろよ？」

「あ、じゃあ通報します？」

きっと言うだろうなと思っていた捨て台詞《ぜりふ》ににこやかに返すと、裕也氏は悔《くや》しそうに僕を睨《にら》みつけて舌打ちと共に逃げるように去っていった。

なんだか疲れた。

ため息を一つついて、僕は彼がマンションの外に出て行くのを確認するまでその行方《ゆくえ》を見つめ続けるのだった。

再び２０３号室に舞い戻ると、きっと疲れ果てたのだろう、小柳さんが廊下にへたりこんでいた。

「終わりましたよ、小柳さん」

そう僕が笑いかけると、

「おおきになぁ、大木くん」

と彼女は苦笑する。

「いえ、大したことはしてないです」

「あれで大したことなかったらキミの職業はエージェントとかそんな感じやで、ほんま。あんなはったりまでかまして、大した子や……」

「やっぱわかっちゃいましたか」

「録音始める時間なかったし、あの時の顔……今まで見たことないくらいヘラヘラしててなぁ。ああ、これが大木くんが嘘つくときの顔やねんなぁ、っておもたよ」

やはり慣れないことはするもんじゃない。二度とこういう真似《まね》はしないでおこう。相手が彼だったからこそ通じたってのは自覚していたけど、改めて指摘《してき》されると恥《は》ずかしい。

「ほんま、かなわんで……」

きっと何気なく笑ったつもりなんだと思う。

けれど、その目じりからぽろりと涙が落ちて、それに気づいて慌《あわ》てて繕《つくろ》おうとして、できなくて……みるみるうちに小柳さんの表情がくしゃくしゃに歪みだす。

別にそれを不思議だとは思わない。

むしろ、ここまで軽口を叩き合っていただけ彼女は我慢《がまん》強い人だと思う。尊敬するくらいに。

「なんでやろ……なんでこんな目にあわなあかんねやろうなぁ……」

彼女は笑顔の人だ。

弱音を吐いたことはあったけれどそれも結局のところ一度きりで、あらゆることを飄々《ひょうひょう》と笑って過ごす……それが僕が小柳姫子という人を観測した末の評だ。

だからどんな風に泣くのかという想像はうまくできなかったし、それを目《ま》の当たりにするのは非常に心が痛んだ。

こんなにも打ちひしがれて、弱々しくて、痛ましいだなんて。裕也氏にはもっとダメージを負わせるべきだった。

「なんやの？……うちがなんか悪いことしたんか!?」

癇癪《かんしゃく》を起こしたように床を叩く音が響いて、僕は彼女を刺激しないように傍《そば》にしゃがんで叩きつけた手をとる。

「なんなん……こんなん、やってられんやんか……」

僕の行動に彼女の慟哭《どうこく》が止《や》むことなんてなかったけれど、それでもこれ以上床を叩くのはやめてくれた。この程度で骨がやられることはないだろうけれど、ぶつけていた場所が真っ赤になっていて痛々しい。

ああ、悔しいなぁ。

全身全霊でもって彼女を慰《なぐさ》めたいのに、僕にはこの両手しかない。

「いいですよ、いくらでも泣いてください。吐き出したいなら、いくらでも吐き出してください。全部聞きます、一緒にいます。昨日あれだけの醜態《しゅうたい》を晒《さら》した奴じゃ頼りないかもですけど……それくらいはさせてください」

無理矢理に小柳さんを抱きしめて、囁《ささや》く。

ああ、僕はきっと出来損《できそこ》ないだ。小柳さんならたった数フレーズで、相手のもやもやを吹き飛ばせるのに……こんなことしかできないんだから。

「……大木くん」

「はい」

「ちょっと苦しい」

慌てて抱きしめる腕を解いて身を離す。

「あ、あの、その……すいません」

ああもう、何をやっているんだ僕は。

「あいつのこと、どう思った？」

けれど僕の動転など意に介《かい》さぬ様子で、小柳さんは俯《うつむ》いたまま問いかけてくる。

あいつ……裕也氏のこと、か。

「率直《そっちょく》に言えばおよそまっとうな人ではないなって感想です」

もっとボロクソに言うこともできたけれど、それはなんというか……彼と交際していた小柳さんまで否定する気がして少しマイルドな表現になってしまった。

「25歳」

「え？」

「25歳、音楽でメシを食ういうてるくせにバンドどころか駅前でも歌ってない無職」

え、あの人のこと？　しかもその経歴はなんというか……

「駄目人間の役満《やくまん》じゃないですか」

マイルドな表現はどこへいった。驚いて思わずそう口走っていた。

「もちろんここの家賃も生活費もみぃんなうち持ち。小遣《こづか》いまで渡してました、あははは」

トリプル役満！　何でそんな奴と……と言いかけて口をつぐむ。そんなのわかりきってることじゃないか。

「……はぁ。そう、誰に話したかてダメダメのクソ男や。そんなん、うちが一番わかってる。未来どころか、その時その瞬間でも毒やってわかってた。でもな……しゃーないやん……好きやってん。もう今となっては理由もわからんけど、心底《しんそこ》好きやってん」

そう、好きだったんだ。

好きだったから、行きずりの関係に走るくらい酔いどれた。

好きだったから、空白が寂《さび》しくて埋めあった。

好きだったから、決定的な終わりに未練を自覚する。

僕らは似たもの同士だ。昨日は僕で、今日は彼女。

「あほな女や、ほんま。ほんまに……あほな人生や」

そこから小柳さんの口からぽつりぽつり、と語られたのは、裕也氏との5年にわたる交際の歴史。

就職して少し慣れた頃に駅前で歌っていたのに足を止めたのが最初だったらしい。その頃はまだバンドを組んでいて、本当に夢に向かって突き進んでいた未来ある若者ってヤツだったそうな。

何度か足を止めるようになって、お互いに顔を覚えて、自然と話すようになって……

「『家賃払えなくて住むトコ追い出されたんすよ』って言われてな。今じゃもう想像もつかへんやろうけど、あの時は本当に落ち込んでてすごい悔しそうでな。つい言うてしもてん『それやったらうちくるかー？』って。今考えたら、あれが全ての間違いやったんやろうなぁ」

そうして交際と同時に同棲《どうせい》が始まり、住処《すみか》だって引っ越した。生活費は全て小柳さん持ちだったけれど、当時の裕也氏は本当に感謝していたし『絶対返しますから』と宣言していたし、少し余裕が生まれたらなけなしの金を入れてくれることもあったらしい。

交際は順調だった。少なくとも小柳さんにとっては。

しかしながら、裕也氏の周囲からの評判はすこぶる悪かったそうな。

「友達は全員口を揃《そろ》えて『やめとけ』言うし、中にはあいつにちょっかいかけられた言うてくる子もおったわ」

しかしながら、恋は盲目というべきか……それは小柳さんには響かなかった。

少しばかりおかしいなと思うところはあったけれど『あいつのことはウチがいちばん知ってる』っていう自負があった。だからそんな声をはぐらかしているうちに、友人たちは一人、また一人と小柳さんと離れていったそうな。

「今思えば、全部正しかったたんやろうねぇ……腹立つけど。けどまぁ、ウチはあほやからわからんかってん」

そうしているうちに事態はさらに悪くなる。

売れないバンドを続けているうちにメンバーのモチベーションにも齟齬《そご》が生まれる。気がつけばバンドは空中分解……裕也氏は大いに荒れたそうな。

「こんだけ荒れるくらい入れ込んでたんやったらまた別のメンバーでも見つけるやろと思ったし、もしかしたら諦《あきら》めて別の何かを見つけるかもなって思ってたからあんまりうるさく言わんかったんよ。これもあかんかったんやろうなぁ」

結局裕也氏は小柳さんの想像のどちらにも向かわず、自堕落《じだらく》なヒモ生活を謳歌《おうか》するようになってしまった。衣食足りて礼節を知るとは言うけれど、何もしなくてもそれが揃っている状態が長く続けば人は簡単に腐ってしまうらしい。

「めっちゃ喧嘩《けんか》した。勝手に財布《さいふ》から金抜いたり、何日も家空《あ》けて帰らんかったり、もうめちゃくちゃやった。正直、気なんか全然休まらんかったよ。けど、それでも好きやったんやろなぁ。もしかしたら、あいつ以外何もなくなってもうたから離れられへんだけやったんかも知らんけどさ……喧嘩したら最後にはあっちが謝ってきてな……どうしても切り捨てられへんかった」

けれどそんな日々も終わりを迎える。例の『女を連れ込んでいるところを目撃』という最悪の形で。

「なぁんも残らんかった。なぁんもなくなってしもた。あほやから、最後の最後までそれがわからんかってんなぁ」

笑けるやろ？　と自嘲《じちょう》する小柳さん。

笑えるはずがなかった。

「好きだって気持ちを、笑う人がいるならそれはもう人でなしですよ」

恋ってのは理屈じゃない。

理屈で言えば僕は飯島杏子《いいじまきょうこ》との交際を趣味が一切合わないとわかった時点で早々にリタイアすべきだったし、小柳さんは恋人の悪評の裏づけをとるか、あるいは駄目人間に成り下がった時点で切り捨てるべきだったろう。

けれど、僕も彼女もできなかったんだ。

好きだったから……どうしようもなく好きだったから……諦められなくて、苦しくて……

「小柳さん、僕は貴女《あなた》を馬鹿《ばか》な人だとは思いません。すごく一途《いちず》で、真《ま》っ直《す》ぐで、それを貫《つらぬ》く強さを持った人だって尊敬します。僕は、そんな貴女に救われたんです。愚痴《ぐち》を笑い飛ばしてもらいました、情けない僕を誠実で真面目《まじめ》だと言ってくれました……そんな風に慰められてばかりで、ちっとも小柳さんを助けられなかったのがとても悔しい。だから、言います。小柳さん、貴女は素敵《すてき》な人です。明るくて、元気で、気持ちのいい人です。あいつが腐ったのは貴女のせいじゃない、勝手に腐っただけです。だから……そんな風に……」

ああ、昨日の小柳さんもこんな気持ちだったのかな？

目の前で自分を卑下《ひげ》する姿を見せられるのは、こんなにも悔しいことなんだな。

「自分を悪く言わないでください。胸を張ってください。言ってくれたじゃないですか『相手が悪かった』って。これも、そういう話ですよ」

すん、と鼻を啜《すす》る音が廊下に響く。顔を上げることはなかったけれど、もう手が腫《は》れるまで床を殴りつける真似はしそうにない。

「あほやなぁ……」

そんな中、ぽつりと彼女はそう呟《つぶや》いた。

まだそれを言いますか、と少しだけ腹が立った。昨日の僕を完全に棚《たな》に上げてしまっているんだけれど、それでも、嫌だった。

「小柳さん」

次の言葉は浮かばなかったけれど非難をこめて声を上げると、クックッ、と彼女は笑い声を上げて、

「大木くん、あんたそんなこと思ってたんやね……」

泣き笑いになった顔をこちらに向けた。

「あほや、キミはあほな子や……ウチがどんだけキミに救われてたか全然気づいてへんねんも

ん。キミがいてくれて、めっちゃ助かってるねんよ？」

「そんな、僕は何も……」

「ウチかて何もしてへんよ。何も大木くんに恩返しできてへん、って思ってた。だから……ウチもあほや。あほばっかりや」

僕らは本当に似たもの同士だ。酷《ひど》い失恋をして、立ち直れなくて、傷を舐《な》めあった相手に遠慮までして……

ああ、本当に馬鹿だ。馬鹿ばっかりだ。

「なんなんですかね、本当に」

「ほんまやで……なんかけったいな恰好の子に慰められてるし」

「小柳さんが選んだ服でしょ、これ」

苦笑しながらそう返すと小柳さんはせやったなぁと言いながらすっ、と僕の胸元に顔を埋める。

「ありがとうな……ほんま、おおきになぁ……」

一度止まったぐらいで終わるような涙じゃないことはわかっていた。だから、いくらでも泣いてくれればいいと思った。それこそ涸《か》れるまで。

それに、少しだけ予感もあった。次に彼女が顔を上げるときはきっと笑顔だって。

だから僕は苦しくならないようにそっと背中に腕を回して、大丈夫ですよって抱きしめるのだった。

「なんか濃厚な一日やったね……」

散々涙を流し終えた小柳さんは、鼻を啜りながら笑ってみせた。

「ミスキーランドに行ったのが昨日のことのようですよ」

そう言うと小柳さんはクスクスと笑って、僕の頭からリッキーハンドなカチューシャを抜き取って、

「ほんまや……あんなに楽しかったのになぁ」

自分で装着してみせる。うん、やっぱりこのデザインはこういう可愛らしい人につけてもらってこそだ。

まぁそれはさておき、折角《せっかく》『これまでの人生で一番』とまで小柳さんに言わしめた一日を、あのような男にぶち壊しにされたまま、というのはいただけない。起こってしまったことはしようがないけれど、それを返上する努力はしたい。

「あー！　もう、やめややめや！　辛気臭《しんきくさ》いのは性《しょう》に合わんねん！」

憂鬱《ゆううつ》を吹き飛ばすべく大きめの声と共に両手を叩いて自《みずか》らを鼓舞《こぶ》する彼女もそのあたりは同じのようで、

「じゃあ景気づけに飲みます？　ひとっ走り買ってきますよ」

僕らと言えばアルコールがついて回る。ここは一つまたお酒の力に頼るのもいいだろう。

「いいねぇ。あ、でもなぁ……散々はしゃぎ回ったあとやで？　いつかみたいにヘロヘロにな

るオチが見えるやん？　最近歳《とし》のせいか回りが早いのが悲しいわ」

別に小柳さんの家はここなのだからそれでもいいとは思うんだけれど、酔いつぶれて終わりは確かに何か違うというのもわかる気がする。

「ふむ、だとすると……」

僕らっぽい景気付けってなんだろうか。いや、別に僕らしくなくても全然構わないのだけれど……出てこないぞ？

食事して、酒を飲んで、馬鹿話をして……時には慰められて……僕たちがしてきたことというのはすごくシンプルだ。

え？　セックスもしただろ、って？　いや……常識的に考えてこの状況で出す話じゃないだろう？　頭がおかしいと思われてもしょうがない。

「なんか、パーッと。頭おかしいくらいのことの方がええのやろけど……」

やめてください小柳さん、それしか浮かばなくなるんで。ええと、そうだな……おかしなこと、ねぇ？

「打ち上げ花火を室内でやるとなかなか愉快らしいです」

「ほう……さらば敷金、って感じやね」

「じゃあシャンパンファイト」

「明日の朝何もかもがベッタベタやで」

「よし、じゃあもうこのアパート燃やしましょう」

「キミはこの部屋になんか恨《うら》みでもあるんかいな」

ああ駄目だ、本当にロクなのが出てこない。

「でもまぁ、そういうもんやんな……ええ大人になったらはしゃごうとしてもその先が見えてまうし……うちらって酒飲むくらいしか……あっ……」

何かを思いついたような声がして、小柳さんの頰が朱《しゅ》に染まって気まずそうにこちらを見上げてくる。

「……してたなぁ、とびっきり常識外れなこと」

ああ、気づいてしまわれましたか。そして言っちゃいますか。

「言わないようにない知恵を絞《しぼ》った僕に謝ってくださいよ」

「あはは、堪忍《かんにん》なぁ……」

そうですよ、いくらなんでもそれは……いや？

「ただそれはすごくぶっ飛んでると思います。考えてもみてくださいよ？　失恋男と女がミスキーランドで遊んで帰宅したら、元恋人に空き巣に入られ、やけくそになって身体を重ねる……それはもう、なんというかすごく馬鹿な気がします」

それにこれは僕の我儘《わがまま》とも一致する。

なんというかあの男の思い出ばかりが染《し》みついた部屋というのは、こう……よろしくない。そんな思い出に塗《まみ》れた場所に最終的に小柳さんを残して帰るのはいただけない、って。どこかで思っていたんだ。

彼女自身この部屋の広さに寂しさを覚えると言っていたし、だったら何か爪《つめ》あとを残したい……そう、それこそ盛大にインパクトのあるやつで。

それがセックスかよ、ってツッコミは勘弁《かんべん》して欲しい。これでも僕はヒヤヒヤしているんだ。無理矢理に羽目《はめ》を外そうとしてるんだから。

「それは確かにそうなんやけど……あはは、お酒入ってへんかったら、こんなに恥ずかしいねんなぁ」

最初も二度目も酒の勢いのまま。素面《しらふ》の小柳さんの反応はすごく真っ当で、可愛《かわい》らしいもので……彼女も同じように無理をしなければいけないくらい真人間《まにんげん》なんだってことに安心する。

だったら、男の僕がもっと頑張らないとね。

「ええ、だから小柳さん。セックスしましょう」

廊下の床に彼女を押し倒して、声が震えないように精一杯《せいいっぱい》の注意を払ってそう告げる。

「……」

小柳さんはそんな僕を見て、顔をさらに赤らめ、あちらを見て、こちらを見て……あらゆる恥じらいを僕に晒した果てに、コクリと頷くのだった。

6 小柳さんと僕。

室内とはいえ、冬の廊下で身体《からだ》を重ねるというのはなかなかに寒々しい……ということは互いに服を脱がせる前からなんとなく気づいていたのだけれど、憂《う》さ晴らしの勢いのままのセックスでそれを指摘《してき》するとどうにも気恥《きは》ずかしさとか倫理《りんり》とかが邪魔をしてしまいそうなので諦《あきら》めることにした。

脱ぎ捨てたピンクのパーカーをシーツ代わりに床に敷いてから小柳《おやなぎ》さんを寝かせて軽く口づけると、ふふっ、と小柳さんが笑う。

「どうかしました?」

「んーん、大木《おおき》くんやなぁって思っただけ」

何のことだか。

返事の代わりに彼女の裸《はだか》の胸に手を伸ばすと、ピクンと身体が跳《は》ねてぞわぞわと鳥肌《とりはだ》が広がる。きっと冷たかったのだろうということは触れた薄い膨《ふく》らみが予想外に熱かった お陰《かげ》でわかる。

風邪をひかなければいいのだけれど、と思いはしたけれど、この寒さにも利点はあるようだ。

「んっ……」

手を這《は》わせた右の蕾《つぼみ》が刺激するまでもなく硬《かた》く尖《とが》っていて、彼女の胸で幾分《いくぶん》か温まった指先でなぞれば敏感に反応する。これは寒さで過敏になっているお陰だろう。

小柳さんの眉間《みけん》に小さくしわが入って、微笑を浮かべていた顔が時折くしゃりと歪《ゆが》むのが何とも愛らしい。

「あっ……ふ、んっ……」

そんな悩ましげな反応を楽しみながらもう一方の寒そうに震える尖りを口に含むと、もう一度その身体が大きく跳ねる。ちゅう、と吸い上げれば寒さで尖ったそれが柔らかに溶けて、舌《した》で捏《こ》ねるうちに今度は興奮《こうふん》でもって硬さを取り戻していく。

右手で先端をなぞりあるいは摘《つ》まみあげると同時に、甘噛《あまが》みしあるいはわざと音を立てて吸ってみせると、彼女の身体はまるで軟体動物のようにくねり、甘い声を漏《も》らす。

「こんな……ひうっ、ナイチチ弄《いじ》って、何が楽しい……ねん、んんっ！」

小柳さんの声に視線を上げて、口の代わりに左手にバトンタッチ。唾液《だえき》をまぶすように撫《な》でまわすと面白《おもしろ》いように彼女の表情が溶けていく。

「楽しいですよ？　興奮します」

二つの蕾を弄りながらそう告げると、小柳さんは快感を噛み殺すような顔で、

「この、んっ！　あほぉ……」

憎《にく》まれ口にならない甘い声で柳眉《りゅうび》を上げたり下げたりする。

今までは酔っぱらってのセックスだったせいでこういった細やかな表情の変化というものを見逃してしまっていたようだ。実に勿体《もったい》ない。こんなにもたまらない気持ちにさせられるのに。

そんなことを考えながら今度は右側を口に含んでやる。弄りまわされ硬く尖っていた部分だけに吸いつく感触は左のそれとはまた別物だ。まるでグミのように弾力と硬さを兼《か》ね備えていて、舌でなぞるだけでもっともっととせがむように快感を求めて硬さを増していく。

「んっ、あぁ……ひぅ……」

声を上げるのがそんなに嫌なのだろうか……くぐもった声に時折甘いものを混ぜた声に気をよくしながら愛撫《あいぶ》を続けると、彼女の細い腕が僕の頭をグイと引きはがそうとしてくる。視線を上に向けるといやいやをするように首を振っていた。お気に召さなかった、というよりはお気に召し過ぎたのだろう。ちょっと意地悪をしたくもなったけれど、このまま胸ばかりというのもつまらないだろう。僕は腕に押されるがままに、けれど舌先は出したまま、ツッ、と彼女の肌をなぞりながら頭の位置を下半身へと向けていく。

「ひゃっ、こそば……って、ちょっと待ちぃ！」

僕の悪戯心《いたずらごころ》が気にくわなかったわけではなさそうだけれど、慌《あわ》てた様子で小柳さんが上体を起こす。

「何かまずかったですか？」

「まずいもなにも……キミなぁ……！」

顔を真っ赤にして足をばたつかせる小柳さんはなんとも可愛《かわい》らしいのだけれど、とぼけるわけじゃなく何に文句を言いたいのかわからない。

僕の考えが顔に出ていたのか彼女は右、左、右と視線を彷徨《さまよ》わせた挙句《あげく》に意を決したように僕をねめつけて、

「舐《な》めるんか?」

もう舐めてます、とからかいたくなるのをぐっと堪《こら》えて言葉の意味を考えよう。ええと、僕の舌が向かう先を想像しての慌て方なのだから……と視線を下げていくと浅くくぼんだ臍《へそ》が見え、その先にはカールした飾り毛がしっとりと肌に張り付いて……そうしたら行きつく先は一つだ。

「そりゃあ舐めますよ」

確かにこれまでしたことはなかったけれど、それも立派《りっぱ》な前戯《ぜんぎ》だ。どうせなら気持ちよくしてあげたい。

「あほかキミは」

恥ずかしいのはわかるけれど『男と女がすっぽんぽんになる覚悟までしといて選《え》り好みするなんて』と宣《のたま》った人の言葉とは思えない。何がそんなに不都合なのだろう。

「無理にとは言いませんけど、理由を聞いても?」

それが恥《はじ》の上塗りにならないかヒヤヒヤしながら問いかけると、小柳さんはうー、と低く唸《うな》った後で、

「汚いやろ……風呂入ってへんのやで?」

「あー……」

　なるほど、と思わず膝《ひざ》を打ちたくなるほどの明快な理由。僕はまだまだ気遣《きづか》いとか察しというものが足りないようだ、これは反省しなければ。

　そんなことを考えながら僕は彼女の下腹部に舌を、

「なんでやねん」

　流石《さすが》は本場というかなんというか。絶妙なタイミングでツッコミという名のキックが入る。

「だって僕らこれまでもシャワー浴びないでコトに及んでたじゃないですか」

　そう、もはや今更《いまさら》なのだ。小柳さんの体臭が鼻につくだとか、実は僕からとんでもない異臭が漏《も》れていたとかなら話は別だけれどそんな様子はお互いになかったし、季節は冬だ。昼間は大いに遊んでまわったけれど汗《あせ》を大量にかくようなことにはなっていない。

「それはそうやけど……」

「じゃあそういうことで……」

「だからすぐ舐めようとすんなっ！」

　また蹴《け》られた。

「どうしろって言うんですか」

「だから舐めんないうてんねん！」

　譲《ゆず》っても構わないはずなのに、こっちもなんだか意地になってきてなんとしてでも舐めてやろうって気分になってくる。

ものすごくくだらない？　けれどそれが楽しいんだよ。

「諦《あきら》める気はないゆぅ顔してる」

「ええ、こうなれば意地です」

この世で最も馬鹿馬鹿《ばかばか》しい睨《にら》み合いを続けること数秒。小柳さんの口からはぁ、と大きなため息が漏れる。

よし、諦めたぞ。

「……好きにしたらええけど、それやったらうちもやる」

「というと？」

「うちも大木くんの、舐める」

それはつまりシックスナイン的なことを？　それは非常に魅力的なお誘いだ。ああ、でもなぁ……

「汚いですよ」

「しばきたおすでキミ！」

まぁ、これはお約束ってことで。

顔を真っ赤にして憤慨《ふんがい》する小柳さんを宥《なだ》めながら、僕はこの実に馬鹿馬鹿しい時間をとても愛《いと》おしく思うのだった。


身長差のある二人がシックスナインの体勢になると何が起こるか？

女性が下だと重みに耐えきれず、下手をすれば喉《のど》につかえて死の危険が訪れる。逆に上になると今度はどちらか一方が届かず、女性が海老《えび》反《ぞ》りにならざるを得なくなってやはり苦しい。

となれば、順当なのは互いに横向きに寝る形、僕が背中を丸めれば丁度《ちょうど》いい塩梅《あんばい》になるはずだ……この提案には小柳さんも大いに頷《うなず》いてくれていたはずだった。

「なぁ！　ちょっと待って、これ……うちがめっちゃ恥ずかしいんちゃうん？　なぁ⁉」

何やら下半身の方が騒がしいけれど、この際聞かなかったことにする。

僕のは出っ張っているから足を上げる必要がないけれど、小柳さんのはそうじゃない。だったら太ももを開かせてその間に頭を割り込ませる形になるのは仕方ないことだ。

「なぁ、聞いて……ひあっ⁉」

胸への愛撫でしっとりと濡《ぬ》れたそこを軽く舌でなぞると、びくんと小さな身体が跳ねる。

ほら、別に臭いなんてことない。むしろこれはフェロモン的な感じでこちらを昂《たか》ぶらせる部類のものだ。

「っ〜〜〜〜〜、ああそうですか、そういうつもりですか。見ときや、あほみたいに搾《しぼ》り取ったるからな」

そんな言葉と共にいささか乱暴に肉棒を扱《しご》かれ、続いてぬらりとした温かな感覚に先端が包まれて、不覚にも腰が浮きそうになる。ちらりと彼女の方を見やると、頬《ほお》張《ば》ったままこちらを見下ろしてふふん、と鼻を鳴らす。

どうやらうかうかしていると本当に搾り取られてしまいそうだ。僕はお手柔らかにと笑い返して、小柳さんの肉芽《にくが》に狙《ねら》いを定めて口づける。

すっかり肌に張り付いて役目を果たせなくなった下草を巻き込んでちゅう、と吸い上げてやれば両腿《もも》がぎゅうと僕の頭を締めつけ、そして惚《ほう》けたように弛緩《しかん》する。

裏表のない性格は身体の反応にも現れるんだなぁと益体《やくたい》もないことを考えていると、今度は下半身を逆襲《ぎゃくしゅう》される。歯を立てぬよう吸い上げながら痛いと痛くないのギリギリのラインを保ちながら頭を動かされてしまっては流石にこちらの愛撫が鈍《にぶ》るというもの。じゅぷじゅぷ、いやらしい音が部屋に響いていればなおのことだ。

なんともたまらない。

「ふっ……んっ、くぅ……ちゅぅ……」

気がつけば僕らは一心不乱《いっしんふらん》になって互いを愛撫しあっていた。

こんな場所に入るのだろうかと改めて感じさせられるほど小さいのに発情の証《あかし》としてこんこんと蜜《みつ》を漏らす割れ目をなぞり、あるいは舌を中にもぐりこませ、時折小さな頂《いただき》を弾《はじ》くとピクンと身体が跳ね、ヒクヒクと収縮する。その様《さま》はとても淫靡《いんび》な光景だった。

一方で、扱きながら先端を舐めまわされたり、竿《さお》を横から咥《くわ》えこんで扱かれたり、よくもそこまで飲み込めるなと驚くほどに深く頭を前後して吸いつかれたりするたびに下半身を襲《おそ》う快楽信号はずっと溺《おぼ》れていたいと願いたくなるほどに僕を酔わせてくれる。

まるで口先による快楽が下半身から注ぎ込まれて、ぐるぐると渦《うず》を作っているかのよう。

「んっ、ちゅ、ぢゅ……んふっ!?　はふぅ、ちゅる……」

艶《なま》めかしい水音と鼻の先から抜けるような甘い声だけがこの部屋を支配していて、快楽のこと以外考えられなくなってしまっているような感覚。

ずっとこのままで……そんな気持ちもあったけれど残念ながら快楽には頂というものがある。それをこのまま迎えるのはいささか勿体《もったい》ない。

「小柳さん、そろそろ……」

しとどに濡れ、口を離しただけでヒク、ヒク、と物欲しげに蠢《うごめ》くそこの引力から視線を逸《そ》らして彼女に声をかけると。

「ふぁんひゃ、はははんへひんほ？」

僕の人生においてペニスをしゃぶったままドヤ顔をする人なんて見たことがない。

けれど、言えば怒られるだろうけど小柳さんらしいっていうか、やけに似合うんだからおかしなものだ。

「口にモノを入れたまま喋《しゃべ》るなって教わりませんでしたか？」

そう言うと、小柳さんはちゅぽん、と肉棒から口を離して（これがまた酷《ひど》くいやらしいんだから股間《こかん》に悪い）、

「なかなかええツッコミやね」

と妙な上から目線で僕を見やる。

でもこれはお笑いに一家言あるというよりも、

「こんな立派なモン生《は》やしてんのに先に我慢《がまん》できんくなるなんて……若いってええねぇ」

僕のそれを頬ずりしかねない勢いでキスの雨を降らせる彼女を見て理解する。

『僕が先に声をかけた』＝『先に音《ね》をあげさせてやった』という等式でもって勝ち誇っているんだって。きっとさっきの言葉も『もう我慢できんくなったんか？』的なそれなんだろう。

「二つしか違わないでしょ」

きっと散々《さんざん》恥ずかしい目にあわされた意趣返《いしゅがえ》しなところもあるのだろうけど、正直可愛らしいとかむしろエロいとか、そんな感想の方が先に来る。

「まぁなんにせよ、うちの勝ちや」

そう言って身体を起こす彼女につられて僕も起き上がり、

「勝ちも負けもないでしょうに」

と苦笑すると、

「だって、キミ上手やねんもん。たまにはええとこ、見せたいやん？」

恥ずかしそうに視線を泳がせながら見上げられてしまった。どうにもたまらない。

「もう、僕の完敗でいいです」

それだけ言うのが精一杯《せいいっぱい》の中で肩に手をかけようとすると小柳さんはやんわりと首を振る。

「今日はうちがしたいなぁ、なんてな」

そんなことを言いながら逆に僕を押し倒そうとしてくる。さっきまでひどく恥ずかしがっていたのに彼女も相当出来上がっている……それに興奮を覚えていたせいで、あることに気づくのに遅れてしまった。

「冷たっ……！」

裸《はだか》の背中が冬の床に触れれば身体が総毛立《そうけだ》つのは当たり前。小柳さんを組み伏せるときには気が回ったのに、どうやら僕も相当、欲に流されているのだろう。

「うわ、すごいさぶいぼ出てる……大丈夫？　何か敷く？」

「大丈夫です。もう一回身体を起こすとまた冷えそうなので」

そう答えると小柳さんはクスクスと笑って、

「ほんま……ここはこんなにあつぅてかたぁなってんのに、人間の身体ってのは不便にできとるなぁ」

準備万端だと主張するように屹立《きつりつ》する部分を指先でつつく。

「あ、ゴム……」

家には常備するようにしたけれど、流石に持ち歩いてはいなかったことを思い出して小柳さんを見ると、

「ええよ、大丈夫な日やし……多分」

少々不安になる回答をしながら立ち上がって僕の腰のあたりを跨《また》ぐ。まぁ、今更止まれないですよね、お互い。今度からはきちんと持ち歩くようにします。

「ほな、失礼するね」

とゆっくりと腰を落とす。

それは人間の……いや女性の身体というのは本当に柔らかくできているんだなと改めて実感させられる光景だった。

いくらたっぷりと濡れそぼっていても、小さな割れ目がこちらに先端に触れるとどう見たってサイズが合っていない。それなのに、腰が落とされるとぷくっと陰唇《いんしん》がひしゃげて……そのまま僕の形に広がり飲み込んでいく。同時に温かいというには情熱的な温度でもって僕を強烈に締めつける感覚……

「えらい心配そうな顔するねぇ」

「そんなつもりはないんですけど……」

顔に出るということは僕はまだどこか気にしているのかもしれない。いやはや、なんともお恥ずかしい限りだ。

「んっ、大丈夫やて……ほら、ちゃんと動けとるやろ？」

彼女が動くと陰唇が限界まで伸ばされながら引き上げられ、また潰《つぶ》されながら根元まで下りるとコツンと奥に当たる感覚。挿入《そうにゅう》っていうよりは刺さってるって感じなのに……これで問題なく、いやむしろ扇情《せんじょう》的な光景になるんだから驚きだ。

「こら、いつまで見とるつもりや……流石に恥ずかしいゆーねん」

おっとこれは失礼。

「人体の神秘に感動を覚えていたもので」

「あほ、それ前も言うたで。言い訳するんやったらもうちょっとマシなのにせな」

くっくっ、と小柳さんは笑って、腰の動きを大きくする。ぺちぺち、と彼女の小ぶりなお尻《しり》が僕の腿を叩《たた》く音が響くと同時に、熱と凶悪なまでの締めつけでもって扱きあげられる快感が襲ってきて思わず腰が浮きそうになる。

彼女がちょっとフラフラしているのだから可能な限り堪えたいけれど、このままだと何かの拍子《ひょうし》にこてん、と転ばせてしまいそうな感じ。

「小柳さん」

両手を伸ばしながら声をかけると、意図を察してくれたのかそこに手を重ねてくれたので指を絡《から》めてがっちりとホールド。騎乗位ならこの方が安定するって聞いたけど、確かに小柳さんが転ぶようなことはなさそうだ。

「あはは、ええね……んっ、こういうの、ええね……」

お尻のぶつかる音に加えてじゅぶじゅぶと水音も混じり出す中で、小柳さんはうっとりと腰を使いながら呟《つぶや》く。

「ええ、いいものです」

セックスは共同作業だ。こうして手を繋《つな》ぐのはそれを強く実感させてくれるし、バランスを共同してとればそれだけ下半身に集中できる。

お陰で小柳さんの腰遣《こしづか》いは上下だけでなく前後左右のグラインドが加わりだし、僕は僕でそれに合わせて腰を使う。そうすれば締めつけは格段にあがり、屹立はさらに昂ぶるというもの。

「んっ、あっ……ふっ、あぁぁ……」

喘《あえ》ぎを漏らしながら僕の上で揺れる彼女をじっと見上げる。

髪を揺らし、額《ひたい》の汗を僕の胸元に散らし、快感に腰砕《こしくだ》けになりそうになりながらも懸命にそれを堪えつつ、さらなる愉悦《ゆえつ》を求めて腰を振る姿は、エロティックという言葉さえ陳腐《ちんぷ》に思えるくらいに愛しいものだ。

「んっ、あっ……くふぅ……大木くん、おーき、くん……」

ぐちゃぐちゃと響く結合部、悩ましげに僕を呼ぶ声……小柳さんとの行為にはこんなにも興奮する要素があったのかとお酒のせいで見逃していたことを悔《く》やしく思う。いや、むしろあの頃はセックスを受け入れてもらえる……ただそれだけで満足していたのかもしれない。こうして傷が塞《ふさ》がって、見えるものが違うようになったのかもね。

欲張りになっただけ、とも言えるけど。

「んっ、くぅ……あっ、あっ、あっ……」

ゆるくウェーブのかかった髪が揺れて、そこから覗《のぞ》く瞳《ひとみ》がとろりと溶けていた。寒いはずなのに汗が噴出して、小さな身体で全力で快感を貪《むさぼ》っているってことが伝わってくる。声のピッチからしてそろそろ限界だろうってことは想像できたし、こちらも射精感がムズムズとこみ上げてきている。

このまま果てるのも悪くないけれど、もっと小柳さんを感じていたいとも思う。

だからだろうか、不意に胸に湧《わ》き上がったアイデアを実行に移していた。

「ふぇっ?」

彼女のバランスを崩《くず》さないように上体を起こして、手を離して抱きしめる。冬の室温が背中を冷やすのに、それ以上のぬくもりが重なる肌に染《し》み渡る。

「はぁ……はぁ……もうちょっとやったのに……んんっ、もうちょっとで、おーきくんイかせたのに……」

耳元で息も絶え絶えの恨《うら》み節が聞こえてくる。くちっくちっ、と音を響かせながら腰をもどかしげにくねらせているところからして文句の理由はそれだけではなさそうだけれど。

「すいません、僕の我儘《わがまま》なんです。なんていうかもっと小柳さんとこうしていたかったし……どうにも抱きしめたくなっちゃって」

どうして抱きしめたくなったのかと問われれば欲情の果てだと答える他ない。けれど、それだけじゃないって首を振る僕がいる。そう、ここに至って、ここにきて漸《ようや》く……僕は僕を自覚しだしている。

それはきっと、一度目はともかく何故《なぜ》二度三度とふしだらな関係に至ってしまったのかだとか、酔いに任せて飯島杏子《いいじまきょうこ》への未練を小柳さんに晒《さら》したことを酷く後悔した理由だとか、どうして夢の国で小柳さんの手を握りしめたのかとか……単純に言えば『お前はどうして小柳姫子《ひめこ》と一緒にいるのか』という問いへの回答。

「…………」

少しだけ抱擁《ほうよう》を緩《ゆる》めて小柳さんを見つめると、腰遣いを止めることができないくらいにとろとろに蕩《とろ》けた表情の中に『なんでそう思ったん?』と問いかける成分が見え隠れする。これは少しうぬぼれが混じった観測かもしれないけれどね。ただ、思うんだ『どうして貴女《あなた》は大木幸《ゆき》大《ひろ》と一緒にいるんですか？』への小柳さんの回答はきっと同じなんじゃないかって……これも都合のいい想像かな？――人を好きになった時特有の。

「小柳さん……」

友情がある、感謝がある、欲情もある、でもそれ以上にこの人を愛しいと……好きだと思う自分がいる。

こんな時に、こんなことしてる真っ最中に口にすることではないのかもしれないけれど、今すぐそれを伝えたくなるくらいに。

「……っ!?」

不意に彼女は僕の頭を掴《つか》みかかるように引き寄せて、唇《くちびる》を奪ってくる。

「んっ、ふぅ……んん！」

何事かと思っていたら問答無用で舌が割り込んできて、僕は慌ててそれに応じる。

同じように思ってくれているのか、それともただの欲望なのかはわからないけれど、今この瞬間僕を求めてくれていることは確かでそれに応《こた》えることは最優先だ。

告白なんていつだってできるはずだ。僕に勇気さえあれば、ね。

「んっ、ちゅ……んふぅ……」

貪るように、喰《く》いつくように、荒々しささえある猛攻をやんわりと受け止めながら、お返しとばかりにこちらも舌を差し入れて絡めあう。それだけじゃない、休んでないで動けと言わんばかりの腰遣いに合わせて突き上げてみせれば小柳さんは鼻を鳴らして唇に吸いついてくる。

「は……んぶぅ！……ぢゅ、んむ……」

少し動いただけでも彼女の舌先は勢いを失いそうになる。相当に昂ぶっているのだろう、歯列の裏をなぞるとゾクゾクと抱きしめた身体が震え、奥の方をこすりあげるように突いてみせればビクビクと跳ねる。

それは淫《みだ》らで愛しい時間だ。惚《ほ》れた相手が自分の腕の中で喘ぎ、汗を散らし、涸《か》れたと思われた涙まで流して蕩けているのだから。

「あっ、ふあぁ……んんんぁっ！」

唇を離せば再び甘い声が部屋に響く。おそらく小爆発のような絶頂を時折迎えているのだろう、喘ぎの中に一際《ひときわ》大きな声が混じり始めている。

その昂ぶりは僕だって同じだ、不意に襲い来るきつい締めつけのたびに解き放ちたくなる衝動を抑えている。

あと少し、もう少しだけ……そうは願っていても限界は訪れてしまう。

「小柳さん、そろそろ……」

先にそれを口にしたのは僕の方。やけに僕を先にイカせたがる彼女にはそれが一番いいと思ったからだ。もちろん、本当に限界なのだけれど。

「んあっ、おーひくん、もう……ふぁ……っか？」

もはや言葉は形になっていなくて、お互い絶頂がこみあげて震え始めているというのに、何を言っているのかはすぐにわかった。『大木くん、もう我慢できんくなったんか？』だ。

こんなになっても勝った負けたを気にしているなんて……なんて可愛らしい人なんだろう。そんな思いの発露《はつろ》だったのだろうか？

「そうです……僕の負けですよ『姫子さん』」

ポロリとこぼれでた言葉。それが引き金だった。

「あぁぁぁぁぁぁぁぁぁっ！」

全身を震わせながら僕をぎゅうと抱きしめて、今日一番の嬌声《きょうせい》でもって小柳さんは絶頂を迎える。襲い来るのは複雑怪奇なベクトルの締めつけ。限界を迎えていた僕はそれにあっけなく搾られて、彼女の膣《ちつ》内に精を解き放つ。

「あぁぁぁっ!?　ふあぁぁ……あっ、あっ……」

絶頂に追い打ちをかける形になってしまったのか、もう一段高い声を響かせて小柳さんはぶるっ、と震えながら涎《よだれ》を垂《た》らして仰《の》け反《ぞ》る。

ああ、確かに強烈だ。こんなにも気持ちのいい交わりは……間違いなく今日という日の締めくくりに相応《ふさわ》しい。

「小柳さん」

抱きしめる腕を緩めて声をかけると、ぶるりと身体を震わせて彷徨《ほうこう》する瞳がゆっくりとこちらに向いて……

「あ……やぁ……」

呆《ほう》けた顔がくしゃりと歪むと同時にしゃぁぁぁぁ、という音が響いて生温《なま》かい感触が下腹のあたりに広がって……

「へ……？」

これってまさか……と言いかけた次の瞬間、

「んむぅぅぅ！」

弛緩した身体のどこにそんな力が残っていたのか、耳を塞ぐように思い切り僕の頭を摑んで無理矢理に口づけられた。

「んっ、んんっ……」

聞くな、言うなってことらしい。僕の舌を押さえ込むように口内を暴れ回ってるんだからきっとそうなんだろう。

けれど、音は聞こえなくても、何も言えなくても……しょわしょわとお腹《なか》に当たる水流の感覚だけはごまかせない。それはまだつながったままの結合部から、僕の下腹や腿を伝って床にじわりじわりと広がってゆく。

別に汚いとは思わない、むしろおもらしするくらい気持ちよくなってくれたのだから、って感じ。けれどまぁ、乙女心《おとめごころ》っていうか漏らした本人からすれば一大事だってことぐらいはわかる。

だから、

「…………」

大丈夫ですよ、と宥めるように背中をさすり、頭を撫でていた。

ひくん、ひくん、と震えながら全《すべ》てを出し切り、強すぎた絶頂の余韻《よいん》が彼女から消えるまでずっと、ずっと。


「あぁもう！　最悪や、ほんま最悪やぁ！」

シャワールームから出ると、身体にタオルを巻きつけたままベッドに大の字になった小柳さんが叫んでいた。

あれから余韻が冷えて『27歳にもなっておしっこ漏らすとか終わってるやろ……』と落ち込むのを宥めながら後始末《あとしまつ》をする間、彼女が何度も口にした言葉だ。

「まぁまぁ、そう落ち込まないでくださいよ」

残念ながら彼女のお小水で脱ぎ散らかした服も濡れてしまったので今夜はバスタオル一枚で過ごすことになった僕をちらりと見て、小柳さんはうー、と駄々っ子のようにベッドの上で暴れる。

あんまり激しく動かれるといろいろ見えてしまいそうでちょっと目のやり場に困るのだけれど。

「というか、何で着替えないんです？」

仕方なくバスタオルを選んだ僕と違って小柳さんには着替えは潤沢《じゅんたく》にある。

「そんなん、大木くんに悪いやん。うちだけぬくぬくとするわけにいかんやろ」

妙に律儀《りちぎ》というか……小柳さんがスーツなら僕も、って夢の国に着ていった奴《やつ》が言うことでもないのだろうけど。

「冷えるとトイレが近くなるっていいま……」

顔面に枕がヒットして最後まで言わせてもらえなかった。ウェットに富んだ（それはウィットか）軽いジョークなのに。

「しばくで」

「もうしばいたでしょ」

苦笑して枕を定位置に戻すと、小柳さんは身体をくねらせてそこに頭を半分乗せ、ぽんぽんとそれを叩く。

「ほら、寒いやろ？　布団入《ふとんい》り」

それはありがたい。エアコンが効《き》いているとはいえ衣服の重要性を思い知らされていたところだったんだ。

同衾《どうきん》っていうのは、あれだけ交わったっていうのにちょっとドキドキするけど。

「あーあ、最悪や」

布団に入ってお互いに顔を突き合わせるや否《いな》や言うのはやめて欲しい。なんだか傷つくじゃないですか。

「でも、目的は果たせましたよ。強烈なインパクトで吹き飛ばせたじゃないですか」

そう言うと彼女はとても複雑な顔をして、

「うち、これから玄関開けるたびに『大木くんとぐっちょぐちょになった挙句に漏らしたんやなぁ』って思い出すんか……」

「パンチきいてます」

「ききすぎやろ」

コツン、と額を小突《こづ》かれたけれど、その向こうで小柳さんが笑っていたのでよしとする。

「そもそもなぁ、いきなり名前呼ぶからあんなことになったんや。あんたが悪い」

そう言えばタイミング的にはそうだった。

僕が『姫子さん』って呼んで、そうしたら小柳さんが果てて……あれ？

「僕のせい、ですか？」

だって『姫子さん』って呼んでみたくなったのは僕で、それがあんなになるまで果てる原因になるってことは……それが小柳さんにとってもインパクトのあることだって証拠だ。

「そ、キミのせいや」

あっさりとしているのにどこか歯切れが悪い、この話題は口にするべきじゃなかった、ってはぐらかす感じ。きっと説明はしてくれないのだろう。それならそれで、僕は少しだけ自惚《うぬぼ》れてみせるだけだ。

「姫子さん」

口にした途端《とたん》、かぁぁっ、と見る見るうちに『姫子さん』の頰が朱《しゅ》に染まる。

「あ、あほ！　この歳《とし》で姫は恥ずかしいって前言うたやろ、やめーや」

しどろもどろになるあたりが、なんとも可愛らしいというかなんというか。

「駄目ですか」

「あかん言うてるやろ」

「即答しなくても」

「あーもう、この話終わり！　寝るで！」

話を強引に打ち切って小柳さんはこちらに背中を向けてしまう。

ちょっとからかい過ぎたかな。でも、確かに『姫子さん』って呼ぶのは時期尚早《しょうそう》だ。

僕たちの関係にはまだ名前がついていないのだから。

知り合いというほど疎遠《そえん》ではなく、友達と呼ぶにはプラトニックではない……かといってセックスフレンドって言うほど割り切れてもいなくて、つまるところ『小柳さんと僕』でしかないのだ。

だから名前をつけようじゃないか。『姫子さん』って呼ぶ権利を叫ぶのはそれからだ。

「…………」

少し考え事をしているうちに寝息が聞こえてくる。どうやら本当に眠ってしまったようだ。

今日は本当に濃厚な一日だったし、彼女の場合、精神的な乱高下も一等激しかった。そりゃあ疲れていないはずがない。

けれど、と考える。これはちょっとしたチャンスなのかもしれない。

都合よく眠っていて、背中とはいえ相手が目の前にいる。だったら、ちょっとばかし『名付け』の練習をしてみてもいいんじゃないだろうか。

「小柳さん……」

これで起きたら、練習は終わり。

この発想はきっと危険回避ではなくて、臆病《おくびょう》風だろう。ああ、相手はこっちを見ていないというのに……練習だっていうのに、なんて緊張するのだろう。

でも、これしきのことを言えずに前に進めるものか。

「……好きです」

心臓が跳ねる。声が震える。僕の中にこんなにも激しい感情が存在していたことに驚くほどに。

そして、この練習は失敗だと思い知る。

答えが是《ぜ》だろうと否《ひ》だろうと、答えがあるからこその告白だ。返事のない言葉は、空《むな》しくて、そしてどうにも息苦しい。

ああ、やめだやめだ。何をやっているんだ僕は、寝てしまおう。

けれど、今の言葉は悪くなかった。

シンプルで、わかりやすくて、僕らしい。いささかありがちな言葉だけれど、悪くないからありがちになるんだ。

日を改めて、きちんとした形で、面と向かって言おう。

今の言葉を。

そして小柳さんと、恋人になろう。

7 小柳さんと告白。

「なぁ、告白ってどうやるんだっけ？」

そう呟《つぶや》いたら目の前で水を飲んでいた男が急にむせ返って鼻から汁《しる》まで飛び出させた。

非常に汚い。

全く、折角《せっかく》の優雅《ゆうが》な昼食だというのに台無しじゃないか。

「いきなりわけのわからんことを言っておいてノーコメントは酷《ひど》くないか？」

わけがわからないとは何だ。

「考え事をしているところを食事に誘ってきたから仕方なく同行して話の枕に疑問を口にしたってだけの話なのに。もちろん今日は奢《おご》りだろうね？　この誘いは飯島杏子《いいじまきょうこ》が現れた瞬間に逃げた薄情に対する謝罪だと受け取っているのだけれど」

「むちゃくちゃな理屈でタカられたらハナから奢るつもりだった気持ちがどこかにいくんだが」

「いやぁ、神原《かんばら》。君という奴《やつ》は実に素晴らしい同僚だ。神様と神原って一文字しか違わないし実質神だね」

半眼《はんがん》になっていた神原が深いため息をついて諦《あきら》めてくれたので本日の奢りは確定だ、やっほう。

懐《ふところ》の深い男を同僚に持って嬉《うれ》しい。

「この歳《とし》になって相応《ふさわ》しい告白とはどういうものなんだろうって思ってね。こんな気持ち長らく味わってなかったから」

そう言って運ばれてきたデイリーランチC『渡り蟹《がに》のクリームパスタ』（この店で一番高いやつだ）をフォークに絡《から》めて一口。

ふと目の前に視線を移すと神原があんぐり口を開けてこちらを見ていた。

「やらんぞ」

いやしい奴だ。食べたかったなら同じもの（ランチ価格で１５００円）を頼めばよかったろうに。そんなにデイリーランチA『カルボナーラ』（７００円）は微妙だったのか？

「いらんわい」

「だったら金魚がエサをねだるような顔をしないでくれよ」

「誰が金魚だ。おかしいだろう？　『鉄の女』にコーヒーぶっかけられて翌日も休むくらいの凹《へこ》みようだった奴が『告白ってどうやるんだっけ？』だ？　冗談も大概《たいがい》にしてくれ」

『渡り蟹のエキスが全く染《し》み出していない。これじゃトマトパスタだ。これでこの値段は最低だな』という言葉を飲み込むぐらいには驚いた。

ああ、世間《せけん》的にはそういう風に見えていたのか、って。

なんというか目まぐるしく展開した日々だったのでそっち方面の気遣《きづか》いをすっかり忘れてい

た。

「あの時は確かにショックなことではあったけど、昼間から新宿《しんじゆく》で飲んだくれたお陰《かげ》で、まぁしかたないよなぁってオチがついたんで」

心配いらないと肩をすくめると神原はうへぇ、と溜息《ためいき》をついて、

「じゃあ何か？　金曜に休んだのは二日酔いとかそっち？　それとも『告白』とやら絡みか？」

このカルボナーラまっずいなぁ、とぼやきながら問いかける神原を少しばかり見直す。

なかなかの察しのよさだ。

「突然の思いつきだったけど、ミスキーランドに」

「はぁ？」

「有給は労働者に与えられた権利だ。急な休みだから少しばかり迷惑をかけたかもしれないが、そこまで呆《あき》れられることじゃないだろう？」

僕の主張に彼は首を振る。ついでに口からはみ出したスパゲッティも揺れる。きちんと口に入れてからにするべきだ。

「そうじゃねぇ。いつの間にそんなことする女見つけたんだって話だろ」

「女なんて一言も」

「お前がバイセクシャルだっていうなら謝罪するが突然の有給入れてまでミスキー行きするなら女だろ、普通」

なるほど、確かにおっしゃる通り。

特に揚《あ》げ足を取るネタも思いつかないので黙って首肯《しゅこう》しておく。

「にしてもそうかぁ、早くも次の女見つけたかぁ」

飯島杏子と別れて一カ月弱。確かにいささか早いかもしれないけれど、こういうのは期間じゃない。

「で、今度はどんな女だ？　『チタンの女』とか？」

次から次へとよく喋《しゃべ》る男だ……小柳《おやなぎ》さんだったら全然構わないのにね。これが性別と好意の壁なんだろう。

「『西の女』だよ、あえて言うなら」

僕の返答に神原は首を傾《かし》げたがその先は踏み込んでこなかった。興味がないわけではないだろうが、距離感をわかっているというかそういうところは彼の美徳だし、それ故《ゆえ》の付き合いなところはある。

「ふぅん、じゃあもう元気なわけだな？」

食べたくないが食べないと午後が危うい、そんな葛藤《かっとう》が見え隠れする勢いでカルボナーラを平らげて神原はフォークで皿に残ったベーコン片を弄《もてあそ》びながら問いかけてくる。

お行儀が悪い。まぁ、そうしたくなるくらいここの飯《めし》はまずいんだが。

「わざわざ食事に誘ってまで心配されるようなことは何も」

「そうか」

失恋の愚痴《ぐち》にも付き合わないし、飯島杏子と出くわした瞬間逃げ出すような男ではあるが、そのくせこうして心配してくれるのだから得がたい友人だとは思っている。

むしろ結構雑に扱ってるのに愛想《あいそ》を尽かされないのも驚きだけれど、まぁ、そのあたりはお互い様なのかもしれない。

「しかしだ、神原よ。『そうか』で終わってもらっちゃ困る」

「はい？」

「僕の疑問は何も解消していないだろ？」

その言葉に神原は思い切り首を捻《ひね》って、

「そんな普通でいいだろ、歳なんて関係なく告白なんて単純なもんだろ。強《し》いて言えば『結婚を前提にして』って言葉を頭につけるかどうかの差じゃねぇの？」

ふむ……まぁ、そんなものか。なんとなくそんな気がしていたんだけれども、大学以来の告白と思春期かってくらい浮《うわ》ついた気持ちが僕の判断を鈍《にぶ》らせていたもので。

「ちなみに神原はどんな風に？」

ふと、興味が湧《わ》いたので問いかけてみる。

「言うか馬鹿《ばか》、こっぱずかしい」

まぁ、そうだよね。そういう台詞《せりふ》は大抵《たいてい》歯の浮くようなものになるし、当事者以外が聞いても笑う以外の選択肢《し》は出てこないものだろう。

「とりあえず近日中に実行に移すことにするよ」

別に宣言することではないのだろうけれど、それだけ告げて僕は渡り蟹の味のしないスパゲッティを手早く胃の中に収めるのだった。

「お前、元気だって言ったよな？」

明けて火曜日、昼休みに入るなり神原は渋い顔でそう言った。

「元気だよ。しっかり睡眠もとったし」

そう、身体《からだ》は元気だ。メンタルもたった一つの懸念《けねん》事項を除けばおかしなところは何もない。

「じゃあなんで朝からずっと景気の悪い顔してる」

小柳さんから返事がこない。

もしも僕が暗い顔をしているのだとしたらきっとそれが原因だろう。

神原のありがたいアドバイスに従って普通に告白するとして、さてどこでしようか？　と考えをめぐらせ、いつものように居酒屋でというのは流石《さすが》にムードに欠けるだとか、過度に演出するのは違うけれどある程度雰囲気《ふんいき》のいい場所でだとか、仕事の合間も利用していくつか目星をつけていた。

帰宅後もＰＣを叩《たた》いてあれやこれやと考えて、最終候補をいくつか絞《しぼ》るがどうにも決まらない。ここは一つ、日程——小柳さんの都合に合わせて決定するって方式にしようと結論が出た頃には午後10時少し前になっていたか。

それから彼女にお誘いのＲＩＮＥを送って、返事を待って……今朝になっても返答どころか既読すらつかないのである。

妙だ。

これまで小柳さんがここまで反応が遅かったことはなかったのに。

携帯を失《な》くしたとかならいいけれど、なにか悪いこと——たとえば裕也《ゆうや》氏の逆襲《ぎゃくしゅう》とかそういった類《たぐい》のことに巻き込まれてやしないだろうかとか悪い想像までしてしまって……

半日くらい返事がないだけでこのザマだなんて、思春期迎えたての中学生みたいな焦燥《しょうそう》だとは思うのだけれど……気がかりなものはしょうがない。

「別に仕事に穴を開けたわけじゃないだろう？」

「そうだけどさぁ……お前ってそんなにコロコロとテンション変わる奴だったっけ？」

自分のことなんてよくわからないけれど、僕が変わったのだとしたらきっと小柳さんの影響だろう。あんなにも感情豊かな人なんだから。

とまれ、僕のことはいい……小柳さんだ。

もうお昼休みなんだから電話の一つぐらい迷惑じゃないだろう。

「すまん神原、ちょっと電話してくる」

「よくわからんが何か困ってるなら相談ぐらい乗るってことは覚えといてくれ」

なんだよ神原、気持ち悪いくらいに優しいじゃないか。僕ってそんなに酷い顔をしているのかい？

そう問い返したい気持ちはあったけれど優先順位ってものがある、僕は席を辞して外に出て小柳さんに電話をかける。

『おかけになった電話番号への通話はお客さまのご希望によりお繋《つな》ぎできません』

「え？」

ノーコールでメッセージが流れて、目が点になる。

だって想像さえしていなかったんだ。まさか着信拒否されているなんて。

震える手でＲＩＮＥではなくメールで連絡をとろうとするも、すぐさま『宛先不明《あてさき》』で返ってくる。検索して調べてみるとＲＩＮＥに既読がつかないのも相手にブロックされているせいだとわかる。

つまり、僕は小柳さんに完全に拒否されている、ってことだ。

「嘘《うそ》だろ……？」

最後に小柳さんと連絡をとったのは土曜の夜。

裕也氏に荒らされた部屋の片づけを手伝って、食事をご馳走《ちそう》になって、別れた後に挨拶《あいさつ》を送った時は返事が来ていた。

それ以降はシェアしたくなるようなトピックスはなかったので連絡はしていないし、向こうからもメッセージはなかった。

正直、原因がわからない。

小柳さんの携帯が誰かにのっとられてこんな所業《しょぎょう》を働いたってほうがまだしっくりくる。

「……」

ふと、思い出す。いつぞや小柳さんから貰《もら》った名刺《めいし》——ここに書いてある直通の携帯ならば小柳さんと繋がるんじゃないだろうか。

え？　いくら何でも職場に電話とかありえない？　ストーカーじみてる？　キモい？

ああ、そんなことは重々承知さ。

けれど、小柳さんに万が一のことがあったならこれが一番確実だし、もしも——考えたくもないのだけれど——彼女が僕を拒否しているのだとしても、17KBのメールすらなしに突然だなんて到底《とうてい》承服できかねる。

コール音が聞こえて着信拒否されていないことに安堵《あんど》していると、聞き慣れない男性の声。

「突然失礼いたします。私、○○ソフトウェアの大木《おおき》と申します」

流石に私用丸出しだと、彼女に迷惑がかかる。あくまで飛び込みの営業電話を装う。

「はい、お世話になっております」

一切知らない相手でもこの返事が常套句《じょうとうく》、というのはビジネス会話の不思議の一つだが今はどうだっていい。

「こちら御社広報の小柳さんの番号だと伺《うかが》っていたのですが……」

むしろ本題はこっちだ。きっとこの番号は会社所有の携帯電話のものだろう。とすれば、通常なら代わりに誰かが出ることは少ない。

僕の問いかけに電話の向こうでは、しばし沈黙の後、

「申し訳ありません、小柳は昨日退職いたしまして。失礼ながら、何かお約束がございましたでしょうか？」

再び目が点になる。

辞めた？　しかも昨日？　何が起こっているのかさっぱりわからない。

「そうでしたか。いえ、特段約束があったわけではなくオススメしたいソフトウェアがありましたのでお声がけをと思った次第《しだい》でして。はい、また改めさせていただきます」

混乱した頭でこれ以上嘘を重ねられるほど僕は利口《りこう》じゃない。手早く謝辞《しゃじ》を伝えて電話を切る。

「なんだよ、それ……」

僕との繋がりを一切遮断《しゃだん》して、仕事まで辞めて……小柳さんが何をしたいのかさっぱりわからない。

電話に出たのは上司とか同僚とかそういった人だろう、何か約束があったのか確認しきれていないところから察するに小柳さんは突然職を辞した可能性がある。

まるで何もかも捨て去って逃げるかのように。

僕だけを切り捨てるならまだ理解できる……悔《くや》しいけれど、悲しいけれど、僕のことが嫌いになったってことだから。

けれど、仕事まで辞める理由がわからない。

最低限わかるのは、昨日少なくとも小柳さんが出社した——つまりは、身の危険があったってことではなさそうなことくらい。

「それはそれでキツいんだけどね」

それはつまり、僕を遮断したのは小柳さんの意志だってことだから。

ああ、小柳さんに会いたい。

フラれるのだとしても、せめて面と向かってがいい。せめて納得して袖《そで》にされたい。

そのためには、迷惑だと言われようが、ストーカーだの気持ち悪いだのと言われようが……もう家に押しかけるぐらいの選択肢しか残っていない。

時刻は12時45分。

ああ、そういえば神原よ……何か困ったら相談に乗るって言ってくれてたっけ？

『常識的に考えてそれはもう目がないってことで諦めるパターンじゃないのか？』

『祖父母が倒れた』と『外回りからの直帰』、どちらがいいだろうかと神原に相談した結果、そんなありがたいお言葉を頂戴《ちょうだい》した。

もちろん、僕の中《なか》の大人部分が半ばもう駄目なんじゃないかって諦めているところはある。

けれどもう僕は西武新宿線で武蔵関《むさしせき》まで揺られてしまったし、小柳さんのマンションまで辿《たど》り着いてしまっている。

『でもまぁ、いいんじゃねぇの？　お前がここまでみっともなくなってんだ、大事なんだろ？　うまくいったら紹介してくれよ』

ああそうだ、神原。とてもとても好きみたいなんだよ、彼女のことを。だから僕の中の残り全部が小柳さんに会いたいって願って、ここにいる。

数日ぶりの203号室。

換気口からコーヒーの香りが漂ってきていて在宅であることは明らかだった。

もしも僕と完全に繋がりを断つつもりならこの部屋も即座に引き払うべきだったろう。もしそれが間に合わないのであればしばらく家に帰らないぐらいの算段を立てておくべきで、こんなふうに普通に家で過ごしているだなんて詰めが甘いってものだ。

呼び鈴（インターホンでないのは助かる）を鳴らすと、扉の向こうから『はーい』なんて声が聞こえてくる。きっと僕が来るなんて想像すらしていないだろう。

まぁ、こんな状況になっていなくたって想像できないだろうけど。

「はい、お待たせしま……」

その目が驚愕《きょうがく》に見開かれ、開けた扉を慌《あわ》てて閉じようとするのを、僕はぐい、と足をかけて制止する。

「なんでや、早すぎる……」

靴幅以上には見えないけれど、ばつの悪そうな顔で小柳さんは呟いた。

「ということは、一切連絡をとれなくなったのは小柳さんの意思、ってことですね」

違う可能性は限りなく低かったけれど、それでもやはりそうであってほしくはなかった推論《すいろん》を確認する。

「せや。そんなことのためにこんな時間にここまできたんか？　おかしいんとちゃうか」

推測《すいそく》が事実に変わったことよりも、険《けん》のある小柳さんのセリフのほうが胸に刺さる。

明らかに僕を拒《こば》む、むしろ敵愾心《てきがいしん》さえあるような声を向けられたのは初めてのことだ。

「二、三日前まで普通に会話していた人にいきなり着信拒否だのブロックだのされたらそりゃあ気になるでしょう？」

だからといって仕事を抜け出してまでやってくるのは確かに常識的じゃないかもしれないけれど、それはお互い様でしょう？

「ふぅん、そりゃそうかもねぇ？　だって、好きな子にそんなことされてんもんねぇ？」

長い事張り付いていたガムテープを剥《は》がした跡の接着剤みたいに、粘《ねば》っこくて絡みつくような言い方。そして、踏みつけた小指に足首を捻って追い打ちをかけるような、悪意。

僕の好意が知れていたことだけでも衝撃なのに、知った上でそんな物言いをされることが辛《つら》かった。

僕の知る限り、小柳さんはそんな人ではなかった。少なくとも、人の『好き』を笑う人じゃない。だって、彼女自身どうしようもない『好き』に苦しんだ人だったんだから。

「小柳さ……」

「ええ加減、鬱陶《うっとう》しいねん」

紡《つむ》ぎかけた言葉が、鋭く遮《さえぎ》られる。

「なんや、あんた。ちょっと可哀相《かわいそう》やおもて優しぃしたったらちょーしこいて。ただの遊び相手やとおもてつきあったってたのに、何や？　『小柳さぁん、好きですぅ～～』て。気色の悪い」

あの夜の『練習』を聞かれていたのかと納得するより先に、再び小柳さんが『好き』を馬鹿にした事実が僕を抉《えぐ》る。

扉の向こうの表情が窺《うかが》えない分――いやむしろ見えないことは幸いか？――無機質に僕の心をボロボロにしていく。

小柳さんとの日々は、それこそ出会った瞬間からずっと愉快《ゆかい》だった。これまで関《かか》わったことのないタイプだったし、なにより彼女が明るく朗《ほが》らかだったから。そんな日々をけなされたのだ。そうして抱いた思いを馬鹿にされたのだ。

よりにもよって、小柳さんに。

きっとここで『全《すべ》てが僕の勘違《かんちが》いでした』と引き下がるのが大人の対応なのだろう。あるいは『馬鹿にしやがって！』と激高するのが男のプライドなのだろう。

けれど僕はどちらも選ばない。選びたくもない。

だって、ここまで言われてもまだ信じられないんだ。まだ、納得できていないんだ。

小柳さんの言葉を。

「あんたには優しぃしたもんなぁ？　信じられへんか？」

はい、だってこんなの理不尽を超えて無茶苦茶じゃないですか。貴女《あなた》がどんな人であれ、少なくとも利口な人なのは間違いないでしょう？　切り捨てるにせよ、スマートじゃない。

「でもな？　これがうちや。小柳姫子《ひめこ》や。あんたなんか遊びや」

それは悲しいなぁ。でもそうだとしたら辻褄《つじつま》が合わないことが沢山《たくさん》ありますよ。

「裕也かてな？　あんたみたいにひっかけた男の一人や。あいつとの昔話な？　あれ、全部嘘や。ああいう言い方したら男なんかころ～っ、と騙《だま》されよんねん」

そう、例《たと》えばそれです。もしもそれが裕也氏の言動含めて嘘なんだとしても、あんなお芝居《しばい》必要なかったじゃないですか。あんなことしなくたって、僕はすっかり小柳さんを信じ切っていたじゃないですか。ああいうのはね、もっと早い段階でやっておくべきことです。

「あほやねぇ、あんた。あんなんも見抜けんなんて、ナリとちんこが大きいだけのでくのぼうや」

だから、小柳さん。僕は貴女の言葉を信じない。

遊びだと言い張るには、弄ぶつもりだったにしては、詰めが甘すぎるんですよ。

傷つけるためならもっと効果的な……それこそ告白を受けてから高笑いを上げるとか、そういったやり方をするはずだ。

それをしないってことはむしろ、

「無理をしていませんか？」

そう、無理をして僕を突き放そうとしているって方が納得がいく。

言えない何かがあって、どうしても僕を切り捨てたくて、嫌われるために、無理矢理暴言を口にしている……

これはただの直感の話。理屈も、証拠も、何一つ揃《そろ》っていない……希望的観測も含んだ妄言《もうげん》みたいなものだ。

けれど、どこか確信めいたものがあった。

だから、

「はぁ？　わけわからへん、あほくさ。そろそろ帰ってくれる？　けーさつ呼んでも……」

僕はその言葉を遮るように力任せに扉を開く。

男と女だ、僕が本気を出せばこんな扉、いとも簡単に開く。それをしなかったのは、単に非常識だからって理由に過ぎない。

彼女だって無茶苦茶をしたんだ。だったらこっちも、お返しだ。

「なっ……!?」

果たして、対面した小柳さんはとても先程まで暴言を吐いていたとは思えないほど弱々しかった。

髪は乱れ、少しやつれたように見える顔は青ざめ、驚愕に見開かれた目の下にはクマができていて涙さえ浮かんでいる。

これが『これまでのことは全部嘘で遊びだった』と言い張る人の姿だろうか？　まるで説得力がない。

「一体何があったんですか？」

だから口を衝《つ》いて出てきたのはそんな言葉。

これは裕也氏を追い出した後と同じ……いや、それ以上に酷い状態だ。

いったい何が小柳さんをこうしてしまったのか。

「……っ！」

僕が立ち塞《ふさ》がっているため外への脱出は諦めたのだろう、小柳さんは部屋の中へと踵《きびす》を返す。

が、

「小柳さん⁉」

べちっ、と綺麗《きれい》に転んでしまって僕は慌てて駆け寄ろうとする。

「来るなぁ！」

彼女が叫ぶのとドアが自重で閉じるのはほぼ同時だった。床でのたうち回りながら靴だのスリッパだのを次々と投げつけてくるのを受け止めながら害意はないと両手を上げてアピールする。

「何もしませんってば」

そう告げても言葉は返ってこない。そして帰れと言われてすぐ帰るなら最初からここに来るはずもないわけで、結局睨《にら》みあったまま小柳さんが後退するのに合わせて一歩、一歩、僕は不法侵入を遂行《すいこう》していく。

「なんなん？　うちのことはもうほっといてぇや！　帰れ！　こっちくんな！」

玄関口からキッチンエリアに至《いた》ったあたりで流し台に摑《つか》まって立ち上がった小柳さんが叫ぶ。

流石に包丁とか持ち出されたら困るな、と距離を詰めるのはやめにする。帰る気はさらさらないけど。

「この状態で帰れるならそもそもここになんて来てませんよ、僕は」

二人の距離は依然《いぜん》として縮《ちぢ》まらない。

睨みあいに終わりも見えない。

このまま間合いを詰めたら最悪の場合、奥のベランダまで逃げられて飛び降りるんじゃないかという想像まで浮かんでしまう。とすればここは一気に詰め寄るべきだろうか？　幸いにも流し台に刃物の類はない。

「……っ」

行こう、と決めた時には足を踏み出していた。僕が一歩、二歩と進んだところで小柳さんの瞳《ひとみ》が驚きに見開かれ、三歩目で手を伸ばそうとしたその時だった、

「うわあぁっ!?」

突然顔面に猛烈な熱を感じて、その痛みで思わず床に転がる。

何だ？　何が起こった？

その答えはのたうちまわりながらぐっしょりと濡《ぬ》れた感覚と鼻や口に侵入した香りに気づくまでは、正直SFとかに出てくる不可視《ふかし》の電磁《でんじ》ネットとかそういうのが仕掛けてあったのかなんて思ったくらいだ。

これ、コーヒーだ。

換気扇からも香っていたあれだ。

小柳さんの陰になっていて気づかなかったけれど、あそこにコーヒーメーカーがあって、僕が近づくのに驚いてそれをひっつかんでバシャリ、ってわけだ。

実際、小柳さんの手にはコーヒーが少しばかり残ったガラス製のサーバーが握りしめられていて……その顔にはしっかり『しまった』って書いてある。

あぁ、僕は年上の女性にコーヒーをぶちまけられる星の下《もと》にでも生まれてしまったのだろうか？

けど今回はちょっときつい。前は少量だったけれど、もう熱くて、痛くて……

「あー、もう！」

声と共にぐいと腕を引かれた。もういいんですか？　と聞く余裕も、やっぱり小柳さんだ、と安堵する元気もなく彼女に引かれるままにお風呂場へ。

「携帯とか時計とか濡れたらあかんもん出して、うん、ええな？」

言われるままにポケットの中身を脱衣所に転がしてバスルームに入るや否《いな》や、

「つめたっ」

真冬そのものな冷水のシャワーが顔面に降り注ぐ。熱湯の次は冷水、僕が金属だったら早々にひびが入っていただろう。

「我慢《がまん》して。あぁぁ、ごめんな……こんなに赤くなって……」

小柳さんの細い指が僕の額《ひたい》を、頬《ほお》を、口元をなぞる。真剣な目で僕を見据《みす》えて、火傷《やけど》してないか確認しながらシャツのボタンを外していく様《さま》を見つめていると、こんなことされたことなんてないのにどこか懐《なつ》かしくなってしまって、つい笑ってしまう。

「何わろてんの？　倒れた時頭ぶつけた？」

いつもみたいなツッコミじゃなくて、心底《しんそこ》心配そうに見つめてくるのだからたまらない。

「大丈夫ですよ。ただ……」

もうそんな必要もないのだろうけれど、それでも手を摑んでしまうのは僕の不安の表れなんだろう。けれど、不安にさせたのは小柳さんだ。だから、許して欲しい。

「やっと、捕まえました」

僕の言葉が彼女の中でどう処理されたのか、残念ながら僕は小柳さんではないのでわからないけれど……『あほ《ぼ》』と顔をそむける様を見るだけで安心してしまうのだから、どうやら重症なまでに小柳さんに惚れているらしい。


流石にバスタオル一枚で真剣な話をするわけにはいかない。ドライヤーで水気だけは飛ばしたYシャツ姿でローテーブルを挟《はさ》んで小柳さんと対峙《たいじ》する。

コーヒー色のマーブル模様になったシャツは滑稽《こっけい》だけれども、まだマシだろう。

「どうしてこう、真剣なモードになるときに限って僕は愉快な恰好《かっこう》してるんでしょうね？」

気まずそうというか、しゅんとしているというか……いつもより小さく見える彼女を励《はげ》ますつもりで言ったのだけれどあまり響かなかったようだ。左右に首を振って、

「このまま何も聞かんと、うちのこと忘れて帰って……いうわけにはいかんのやろね」

どこか諦めたように目を伏せて小柳さんは呟いた。

もちろんだ。そうできていたら、そうすることができていたら、僕は今頃会社で次に営業を

かける先をリストアップしていたことだろう。

「何か、酷い目にあったとか……脅迫《きょうはく》されているとかじゃないですよね？」

扉を開けた瞬間、やつれているとさえいえる弱々しい彼女を見て最初に思ったのはそれだった。

そういうことがあって僕を巻き込むまいとしているのならまだ彼女の行動は理解できる。

「ちゃうよ。あはは、あんだけ酷いこと言ったのに……心配してくれるんか？　ほんまキミは……」

無理に笑おうとして、それができなくて……目を伏せて小柳さんはそう呟く。

心配しない理由がない、と言えば泣き出してしまいそうでその言葉をぐっ、と飲み込む。

代わりに、

「それなら、僕が小柳さんを好きになったのがいけなかったんですね？」

告白するならそれなりのムードで。そんなこだわりは今は捨て置こう。残念ながらあの『練習』は聞かれてしまっていたようだし、何よりも彼女の『豹変《ひょうへん》』はあそこから始まったようだから。

それに、ビクッと肩を震わせた小柳さんの反応は正解だって言ってるようなものだったし。

「そうや……でもな、それにうちは応《こた》えられへん。一緒になんてなれへん……だから、本当に告白される前に、な？」

なかなかに堪《こた》える言葉だ。予想はついていたとはいえ、実際に応えられないと言われるのは辛いものだ。

「理由を聞かせてもらっても？」

そう、理由。

僕は今日、いろんな『理由』を知りたくてここにやってきたんだ。

「普通に付き合う分にはキミはこれ以上ない人やと思う。けど、うちもこの歳やろ？　結婚相手として、って考えたら……ちゃうな、って思ったんよ」

今日の言葉の中で一番納得できる言葉だった。結婚相手としては微妙、そう言われたら僕は引き下がるしかなかっただろう……それが、目を逸《そ》らしたままの言葉じゃなければ。

小柳さんは、こんな大事なことを目を逸らして言う人じゃない。

え？　それはお前の希望的観測だ？　だったら別の理屈でもって指摘《してき》しようじゃないか。

「もっともらしい理由ですけど、それ……僕に告白させといてそう返事したら全部丸く終わった話じゃないですか」

苦虫を噛《か》み潰《つぶ》したような顔になる小柳さん。

ああ、本当にわかりやすい人だ。これまでの付き合いでも裏表のない人だと思っていたけど筋金《すじがね》入りだ。よくもまぁ『本当の理由』をここまで隠し続けたものだと驚くくらいに。

「小柳さん……この期《ご》に及んでまでまだ誤魔化《ごまか》そうだなんてどうかしてます。そんなに隠したいことなんですか？」

「……せや。だからこんなみっともない真似《まね》しとるんや。言うたら、きっと大木くんを傷つけるものだった。

今度の言葉は真《ま》っ直《す》ぐに僕を見て。でもその言葉はもしかしたら今日一番の驚きを僕に与えるから」

僕が傷つくから理由は言えない？　それは妙だ。

「小柳さんにフラれた時点で傷つきますよ」

「きっとそれ以上や」

「急に連絡を絶って、家を訪《たず》ねたらボロクソに言われたんですけど」

「そんなん屁《へ》でもないよ。それに嫌ってもらえた方が本当のこと知ろうとも思わんやろし、知ったとしてもそんなに凹まへんと思ってん」

ええと、それはどういうことだろう？

僕を傷つけないために拒絶して、嫌われようとして、交際を断ろうとした……？

これまでの小柳さんの仕打ちが全て僕のためだって？

それじゃあまるで、

「僕が小柳さんの恋人になったら不幸になるみたいじゃないですか」

脅迫等の反社会的な何かではない、と小柳さんは言った。だったら、一体何がそうさせるのか。見当もつかない。

「なるで……絶対に。確実に。だから、あかんねん」

真っ直ぐに、ただただ真っ直ぐに、小柳さんは僕を見据えた。

彼女の願いを叶《かな》えるのも一つの答えなのだろう。それほど気を遣ってくれたことだ、きっと致命的なことなんだろう。

けれど、胸の奥がチリチリと痛む。

この思いは簡単に諦められるほど軽くない。そして、何よりも……

「それで、小柳さんはいいんですか？　それで、ハッピーエンドなんですか？」

胸を張ってイエスと言われたら僕は引き下がろう。小柳姫子の人生に僕が欠片《かけら》たりとも要《い》らないのなら、すごすごと引き下がって新宿の居酒屋に消えようじゃないか。

けれど、そうは見えないんだ。

扉を開けた瞬間のやつれた姿が、今目の前で僕の問いに瞳を潤《うる》ませている様が……僕を切り捨てる選択にどれだけ苦悩して、のたうちまわったのか如実《にょじつ》に伝えているんだから。

「……もちろんや」

嘘をつくなら、せめてさっきみたいに僕をきちんと見て言うべきですよ、小柳さん。

でも、一方的に問い詰めるのもフェアじゃないですね。勇気を見せるなら、僕からだ。

「小柳さん」

貴女の事情はわかりました。

これまでの言動の理由も理解したつもりです。

その上で……僕の気持ちをお伝えします。

「好きです。結婚を前提にお付き合いしてください」

貴女にどんな秘密があるのか僕にはわかりません。けれど、それでも……たとえ不幸になるのだとしても、小柳さん以外にはありえないんです。

軽率《けいそつ》だと言われても、覚悟が足りないと言われても、僕はにっちもさっちもいかないんです。

「お願いや、大木くん。ここは一つ年長者に華《はな》持たせると思って、引き下がってぇや。うちはキミを不幸にしたくないねん」

馬鹿にするな。

これは僕の精一杯《せいいっぱい》の告白なんだ。

それに対する答えはイエスかノーしかありえないんだ。

だのになんですかその回答は、いい加減にしてほしい。

何だよ『キミを不幸にしたくない』って。勝手に決めるな。勝手に決めて、勝手に切り捨てるな。

ああ、これだから……これだから年上女は地雷なんだ。

「勝手に僕を安く見積もるなっ！」

それは怒りだった。

小柳さんに抱く、生まれてはじめての怒りだった。

僕の気持ちを知っていて、それを改めてぶつけられてなお粗末《そまつ》に扱ったことへの。

『好き』という気持ちのどうしようもなさを知っているはずなのに、ぞんざいに扱ったことへの。

「傷つくかどうかは僕が決めることです。貴女が決めることじゃない!! 僕はそんなに頼りないですか？ そんなに弱々しいですか？ 何をそんなに隠したいのか知りませんけどね……僕は、貴女といられないことが一番堪えるんだ！ 小柳さんの事情なんてもうどうでもいいです。そんなの抜きにして……小柳姫子は大木幸大《ゆきひろ》が好きなのか、そうじゃないのか、答えてください。それだけなんです」

怒りのままに、思いのままに、ぶちまける。

年上とか年下とかどうでもいい、そもそも二つしか違わない。必要なのは僕と小柳さん。男と女、ただそれだけだ。

「そんなもしもの話、意味ないやろ」

「小柳さんっ！」

身を乗り出して睨みつける。

「答えてください」

繰り返す僕に、瞳が揺れて、泳いで……それからキッ、と思い切り睨みつけて……

「ああそうか？ だったら教えたるわ。うちはな、もうすぐ死ぬんや！」

売り言葉に買い言葉、そんな風に飛び出したセリフは僕の怒りを彼方《かなた》に吹き飛ばすほどの衝撃だった。

死ぬ？ 小柳さんが？ こんなに元気そうなのに？

「もうすぐ死ぬ奴のことなんかな、さっさと忘れてまえばええねん！」

真偽《しんぎ》についての疑問はその悲痛な叫びに霧散《むさん》する。

ああそうだ、僕はもう少しで間違うところだった。今、言うべきことはただ一つ。

「小柳さんが好きです。僕と付き合って……いや、もうこの際結婚してください」

それでも僕は変わらないってこと。

小柳さんが好きだから。

そりゃあ死んでしまうのは悲しいことだ。どうしようもなく、悲しいことだ。けれど、そんなことが彼女から離れる理由になんてなるはずがない。

僕は小柳さんと一緒にいたいんだから。

「あんたはアホか!?」

「だから、小柳さんはどうなんですかって聞いてるでしょ!?」

このわからず屋め。

「死ぬとか、死なないとか、関係ないんです、僕は！　僕は、小柳さんの気持ちを……本当の答えを聞きたいんです。その上で僕が相手に相応しくないなら、諦めます。悔しいけれど、人の気持ちはその人のものですから」

二人の間にあるテーブルが邪魔だった。できることなら肩を掴んでもっと近くで叫びたい。触れたい。けれど、それが許されるのは……答えを聞いてからなんだ。

「……ないやろ」

顔を伏せて、小さく肩を震わせて黙した時間はどれくらいだったろう。たった数秒だったかもしれないし、数分はかかったかもしれない。いずれにせよ、僕には人生で一番長い待ち時間に思えたその果てに、小柳さんは絞り出すような声で何かを呟いた。

「すいません、よく聞こえなか……」

「断れるわけ、ないやろ……っ！」

顔を上げた彼女は裕也氏を追い出した時よりもくしゃくしゃになっていて、ついにぽろぽろと涙をこぼし始めて……それでも漸《ようや》く答えを口にしてくれた。

本当の気持ちを。

「大木くんにそんなん言われたら、断れるわけないやん。諦めたくても、諦められんくなる……そんなん無理やんか……せやから……」

「だから、無理矢理関係を断とうとしたんですね」

コクリと頷《うなず》いて、彼女はこちらを見て、

「ごめんな……ほんま、堪忍《かんにん》な？……うち、めっちゃ酷いこと言うた、大木くんに嫌われようと思て、最低なことばっかり言うた……ごめんな、ほんま、ごめんね……」

深く深く頭を下げる。

「顔を上げてください。どうってことないですよ……もちろん、また言われるのは御免《ごめん》ですけど」

肩をすくめておどけてみたつもりだったけれど、思ったようりうまくいかない。それを見てどう思ったかはわからないけれど、小さく息を吐いて小柳さんはぽつりぽつりと語り始めた。

「会社の健康診断のついでに人間ドック受けたんが始まりでな……ここに何か影があるって言われたんよ」

つんつん、と人差し指で頭を指して小柳さんは苦笑する。うまく、笑えていなかったけれど。

「大木くんと初めて会った日な、あれ……ほんまにヤケになってたんや。仕事早引けして検査の結果聞きに行ったら手遅れかもしれん言われて、これからどないしよかって家に帰ったらアイツが女連れ込んでて……人生最悪の日にキミとおーたんや」

小柳さんと知り合うにつれて、少しばかり疑問だったことがある。忌憚《きたん》なく感情を表にするタイプではあるけど、分別はきちんとしている人だ。そんな人が、バーのマスターが眉間《みけん》に皺《しわ》を寄せるレベルで騒いで飲んだくれていたのは何故《なぜ》だろう……って。

そりゃあそうなるだろう、僕なら何件か営業先の社屋に火をつけるかもしれない。むしろ大人しいくらいだと思う。

「ヤケになってたから行きずりでもいいか、ってなったんですね」

涙を拭《ぬぐ》いながら、せやね、と頷いて、

「ナマでもええかーどうせ死ぬねんし、ってな。でもなぁ、よりにもよってキミが相手やった」

よりにもよって、って。

「一晩明けたらほな、さいなら……そう思ってたのに、寝顔が可愛《かわい》いなぁっておもたら気ぃついたらご飯用意しようとしてた。あかんってわかってたけど連絡先を交換してた。寂《さび》しかったんもあるんやろな……つい、キミを頼ってたんや。で、ええ加減離れなあかん。これ以上深入りしたらサヨナラしても後味が悪くなる……って、馬場《ばば》で飲む約束したやろ？　あれを最後にするつもりやったんやで？　でも、楽しかってん……キミとの時間は。連絡取りあってても、どうでもいいこと話してるときも。なんかピタッとハマったみたいに。ええ子やねん。ひねくれてるいうかどっか飄々《ひょうひょう》としてるいうか……悪う言うたらスカした風やのに、優しくて真面目《まじめ》で情のある、ほんまに気持ちのええ子。ほんだらもう、あとはズルズルや」

「そんなに前からでしたか」

僕が小柳さんを好きだと自覚したのはつい先日だっていうのに。僕は相当鈍かったのでは？

「そうでもなかったら二回も抱かれるかいな」

そういうとこだぞ、と飯島杏子の声が聞こえた気がした。ていうか、『肝心《かんじん》なことについて察しが悪すぎる』ってメールに書いてあった。ぐうの音《ね》もでない。

「で、あとはもう泥沼《どろぬま》や。離れなあかんのに、離れられへん。ついには惚れられたことまでわかって、どん詰まり。連絡断ってみたら、寂しくて、悲しくて、ボロボロ……みっともない話やで、ほんま」

はぁ、と大きくため息をついて、小柳さんは僕を見る。

きっとまだ迷いはあるだろう。苦悩もあるだろう。けれど、少なくとももう無理なんてしていない等身大の彼女がそこにいた。

「仕事を辞めたのもその一環《いっかん》ですか？」

「何で知ってるん？」

「非常識ながら会社の方に電話を」

少しだけ目を丸くして、それから『大木くんならそうするやろね』と苦笑い。

「そうやね……死ぬのに働くのアホらしいし、ここも引き払ったら完全に終われるからね。でもどっちかっていうと、全部整理してどっかで身でも投げたろかって思ってたんよ。どうせ死ぬねんから好きなことしてさっさと終わらせよ、って……できんかったけどね」

馬鹿なことを、とは言わなかった。命を粗末にするななんて正論は、絶望には無意味な言葉だ。

もちろん二度とそんなこと考えてほしくはないし、させるつもりなんてないけれど……僕はその苦しみを否定なんてしない。

「なあ、大木くん。うちはな……こんな女や。それでもキミはええの？　きっと苦しくなる。やめといたらよかったたって思うで？　それでも、ええの？」

洗いざらい口にして、もう答えなんて決まっている状況だけれど、それでも僕のために逃げ道を用意するなんて。

もし僕がここで梯子《はしご》を外したらもうにっちもさっちもいかなくなるくせに、それでも僕のことを心配するだなんて。

ああ、この人だ。

こんな人だから、僕は心底惚れてしまったんだ。

「小柳さんがいなくなったら、きっと泣くと思います。立ち上がれなくなるくらい、苦しむと思います。後悔だってするでしょうね」

それは想像もしたくない未来。

まだ抵抗の一つもしていないから確定ではないけれど、可能性の高い未来。

先を見据えることは大事だ。けれど、それよりももっと大事なことがある。

「けれど、今……貴女と離れたほうが何百倍も後悔します」

大切なのは今。今がなければ、未来なんて存在しないのだから。

だから僕の選択は徹頭徹尾一つです。さぁ、小柳さんはどうしますか？

そんな思いをこめて、小柳さんを真っ直ぐに見つめる。

「そっか……」

折角涙が乾き始めたっていうのに再び瞳が潤み始めて……けれど涙はぐっ、と堪えて。

僕の大好きな女性は真っ直ぐにこちらを見つめて、

「うちな？　大木くんのこと、好きやで。めっちゃ好き。大好きや。だから……うちも、キミと一緒にいたい」

本日最初の笑顔で、とびきりの笑顔で、その想いを口にしてくれた。

この日、この瞬間を、僕は生涯《しょうがい》忘れることはないだろう。

「はい、一緒にいましょう」

二人の間にあるテーブルが邪魔だった。今すぐ抱きしめて、口づけを交わしたかった。

「大木くん」

僕の心の声が届くなんて魔法はありえないのに、小柳さんはぴょこん、とローテーブルに乗っかってこちらにやってきて、ぎゅう、と抱きついてきたのだ。

驚くよりも先に嬉しくなって、たまらずぎゅっ、と抱きしめて……まるで最初から決まっていたかのように、自動的に唇《くちびる》を重ねていた。

いろんな思いがあるはずだった。僕にも、彼女にも。

それなのに、舌《した》を絡めあいながら伝わるのはただただ、喜びだった。幸福だった。好意だった。

「うちはあほや」

唇を離すや否や、小柳さんは泣き笑いで囁《ささや》いた。

「こんなに嬉しくなるくせに、それを手放そうなんて……土台無理な話やったんや」

それはとても嬉しい言葉だ。とても前向きで、とてもくすぐったい。

ああ、嫌だな。こんなの手放せないじゃないですか。

「ねぇ、小柳さん。手遅れかもって言われたって言いましたよね？『かも』ってことは、もしかしてまだ見込みがあったりするんじゃないですか？」

こんな時に言うことではないのだろう、もっと雰囲気を大事にするべきなのだろう。けれど、僕の我儘《わがまま》がそれを口にしてしまう。

「痛いところをついてくるね、キミは」

苦笑、というよりはバツが悪いといった表情でコツン、と額をぶつけてくる。

「実はな、あれから病院行ってへんからさっぱりわからへんねん」

「嘘でしょ？」

「しゃーないやん……もう死ぬねんな、って諦めてたんやもん。行ったところでなにか変わる気がせぇへんかったし……まさかこんなことなるなんて思ってへんかったんやもん」

病院に行けば、病気の詳細《しょうさい》がわかってしまう。わかったところで結果がそれほど変わらないなら、知らない方が『余生』を幾分《いくぶん》か平静に過ごせる、といったところだろうか。

「それ、実は大丈夫ってことは……」

言いかけて、彼女の表情を見てやめる。そのレベルの話だったらきっと今日の告白はもっとスムーズだったろう。

「だったら、病院行きましょうよ小柳さん。僕も付き添いますから。可能性があるなら、僕は足掻《あが》きたいです」

「残りの時間、全部うちの看病で終わるかもしれへんよ？」

彼女の瞳が揺れる。それは決して拒むものではなかったけれど、是《ぜ》というものでもない。

「ええ、それでもいいですよ」

そう、この腕の中の温《ぬく》もりが愛《いと》し過ぎて、つい欲が出てしまったんだ。

小柳さんが拒むなら、僕はそれを受け入れよう。これは僕の我儘でしかないから。

けれど、小柳さんも望んでいるなら……僕は喜んで支えようと思う。

「ほんなら、お言葉に甘えよかな。うちかて今はもう死んでまおとは思ってへんし」

返ってきたのはポジティブな言葉。

大切な今はこの手の中に。だったら、次は未来を変えるんだ。

「どういった心境の変化ですか？」

答えなんて、わかっていた。

けれど、聞きたかった。

だってそれは間違いなく、嬉しい言葉のはずだから。

「あほ、そんなん……あんたが好きやからに決まってるやろ」

ほらね？

8 小柳さんと僕の部屋。

『今から帰ります』

退勤したのは19時を過ぎた頃、会社を出てすぐにＲＩＮＥを送ると程なくして『りょーかい』と返ってくる。

あれから一週間。

どうせなら一緒に住みませんかと提案して、必要最低限の荷物と共に我が家に彼女が引っ越してきてから新たに加わったルーチンの一つだ。

なんともくすぐったくて、温かい感覚。仕事の疲れなんてどこかにいってしまいそう。

携帯をしまってＪＲ新宿《しんじゅく》駅まで。

変わったことだけじゃなく、わかったこともいくつかある。

例《たと》えば彼女の余命的なものについて。

何日か前に半休を取って病院に付き添ったのだけれども、医者に開口一番《かいこういちばん》言われたことは『よくぞ連れてきてくれました』という感謝だった。

どれだけ病院からの連絡を無視したんですかって言ったら隣に座る彼女はただでさえ小さい

のにますます小さくなっていたっけ。

結論としてはやはり、『このままいけばそれほど遠くない将来に死に至《いた》る』ということに変わりはなかった。

ただ、希望は少しばかりある。

手術をして頭の中の腫瘍《しゅよう》を切り落とせば命は助かるのだ。ただし『その先はやってみないとわからない』っていう条件付きだけれども。

身体《からだ》の他の部分ならいざ知らず、脳というのはとてつもなくデリケートにできているらしい。だから、手術そのものが博打《ばくち》のようなもので予後について確たることは言えないのだそうだ。

なるべく早く結論を出した方がいいと言われたけれど、非常に難しい選択だと思う。

僕自身即座に答えを出せなかったし、当人ならなおさらのことだ。

『なんとなくわかってたからあれだけ悩んだんやけど……やっぱりそうやんなぁ。あはは』なんて彼女は強がって見せたけど、その日の夜は声を殺して泣いていた。

もちろん、寝ぼけたふりをして抱きしめて……ばつの悪いことに即座にバレてしまって、それから朝まで二人で悩んだ。

その結果が今の僕たちだ。

一つ、手術をするかどうかは一カ月後に決める。

一つ、それまでは普通に生活を送ること。

一つ、入籍して、夫婦になること。

一カ月、というのは責任は持てないがぎりぎり許容できると医師が口にした期間だ。せめてその間だけは楽しく暮らそう、それが僕らの結論ってわけだ。病気を一切忘れることは無理だけれど、暗い顔をし続けるのは精神衛生的によろしくない。

結婚を急ぐのは、もちろん夫婦になりたいからでもあるけれど『恋人』と『夫婦』の間には雲泥《うんでい》の差がある。手続きやらなにやら、きっと僕が代行することが出てくるだろうからね。

あ、そうだ。

『確かお米なくなりかけてませんでした？』

ＪＲに揺られて高田馬場《たかだのばば》に辿《たど》り着いたあたりでふと思い出して連絡を入れる。

『今まさに気づいたところorz』

と即座にレスポンスが返ってきたので、スーパーに立ち寄る。

昼間僕が仕事に出ている間、彼女は武蔵関《むさしせき》の２０３号室で荷造りをしている。月末で部屋を解約することになっているのでその準備だ。

いらないもの（特に裕也《ゆうや》氏関連）は全部業者に引き取らせるつもりだったらしいけど時間ができたからフリマアプリに出品してみたら思いの外よく売れるから面白《おもしろ》い、って言ってたっけ。10キロって多すぎたかな？　と不案内な二人暮らしに首を捻《ひね》りながら自宅へ。

「おかえり～」

鍵《かぎ》を開けて中に入ると、先にお風呂を済ませたのだろう、スウェット姿の彼女がとてとてと駆け寄ってくる。

「ただいま帰りました」

そう告げて靴を脱ぐと、彼女は僕を見上げて何かモジモジとしている。何だろう？　心なし顔も赤いし……と首を傾《かし》げていると、意を決した様子で、

「おかえりなさい、ア・ナ・タ♪」

はい？

「お風呂にする？　ご飯にする？　それともぉ……」

わざとらしくしなを作りながらいつもより高い声で紡《つむ》がれるベタベタなセリフ。多分冗談か何かなんだろうけど、真っ赤になって言う時点で失敗してるし、

「あ……」

途中で止まってしまったらそれはもうただの羞恥《しゅうち》プレイなのでは？

「あかん……これ、思った以上にはずいわぁ……」

顔を覆《おお》って天を仰《あお》いで身悶《みもだ》えする様《さま》はなんとも可愛《かわい》らしいからこれはこれでOKなのだけれど。

「急にどうしたんですか？」

米袋と通勤鞄《かばん》を床に置いてぽふっ、と抱きしめると、

「いや、その……一回ぐらいベッタベタのど定番をやってみよかなぁおもてんけど……」

なるほど、可愛い。

「例えば僕が『じゃあ小柳《おやなぎ》さんで』って言ったらどうするつもりだったんですか?」

カッ、と顔を真っ赤にして『それは考えてへんかった』って表情で僕を見上げるあたりがなんともたまらない。と、その瞳《ひとみ》が何かに気づいたように泳いでニィ、と口元が意地悪く歪《ゆが》む。

「今、『小柳さん』言うたな?」

「あっ……」

しまった、やってしまった。

天を仰ぐ僕を尻目《しりめ》に彼女はとてとてとリビングに向かい壁にかけてあるホワイトボードを手に戻ってきて、キュッ、とペンで書き足して、

「はい、5回目やね」

幸大《ゆきひろ》の文字の横に『正』の字が完成したことを教えてくれた。

ちなみに姫子《ひめこ》の文字の横には《は》『T』の字、まだ2回だ。

名前で呼ばれることを恥ずかしがる彼女に、入籍したら他に呼び方がなくなるんですからいいじゃないですか、それとも『ハニー』って呼ばれたいんですか?　と半《なか》ば強引に迫った結果、逆に呼び間違えたら罰《ばつ》ゲームな?　と言われてこうしてカウントが始まったわけなのだけれど……僕の方がやらかしているというのはなんとも情けない。

「今思ったんですけど、これ、どの段階で罰ゲームなんですか?」

そう問いかけると姫子さんはんー、と小首を傾げて、

「考えてへんかったなぁ……じゃあ5回ごとにしよか?　何するかはとりあえず保留で」

「そこはせめて10回とかじゃないんですか」

僕の抗議は無視されたようで、さーて何にしよっかなぁ？　とホワイトボードをもって左右に揺れる姫子さん。

お手柔らかにお願いします。

「姫子さん」

まぁ、それはともかく……だ。

「ん？」

「ご飯でお願いします」

「それはできれば忘れてくれへん？」

こんな風に僕らは仄暗《ほのぐら》くなりそうな未来に負けないように、面白おかしく暮らしているのだ。

今夜のメインディッシュはポークチャップ。タマネギとにんにくをすりおろしたケチャップソースがたまらない。これ、多分よくあるポークチャップの作り方じゃない気がする。

「ほんま幸大くんは美味《おい》しそうにご飯たべるね」

ご飯を食べる時の自分の顔なんて見たことがないのだけれど、それで姫子さんがニコニコしてくれるならそういう幸せな性質《たち》だってことに感謝しなくちゃいけない。

「実際おいしいですから。これ、ケチャップ以外に何か混ぜてますよね？　ええと、ウスターソースとコンソメ……？」

面倒《めんどう》になって外食で済ませることも多いけれどこれでも一人暮らし歴はそれなりにある。口にしたものの味の分析《ぶんせき》はクセみたいなものだ。

「ほう、鋭いねぇ。あとはお酒も入っとるで」

日本酒！　なるほど、濃い味なのにどこかさわやかな風味はそれか。

いやはや、本当に丁寧《ていねい》というかなんというか。横に並んだサラダのドレッシングもわざわざ作ったものだし、味噌汁《みそしる》も丁寧に出汁《だし》がとられていて疲れた身体にじんわりと染《し》み込んでくる。

欲目を抜きにしても彼女は料理上手だと思う。

「たまりませんね」

「そりゃあ、これだけお暇《ひま》も貰《もら》ってるし……一緒になってすぐ手抜きするわけにいかんやろ？　うちの沽券《こけん》に関《かか》わる話や」

男前なことを言いながらも喜色《きしょく》を隠せずに照《て》れる様子が実に可愛らしい。もうね、幸せってのは姫子さんの形をしているに違いない。

ああ、神原《かんばら》よ。僕の飲みの誘いを蹴《け》って妻の下《もと》に帰る薄情が今なら少し理解できるぞ。野郎と顔を突き合わせて不毛な酔いに身を委《ゆだ》ねるよりは愛する人の待つ食卓の方がいいに決まっているじゃないか。

「なんやの、にやにやして」

「幸せだなぁって」

カッ、と彼女の頬《ほお》が赤くなるのを見て、ああ結構恥ずかしいことを言ってしまったかもしれない、と気づく……それくらい僕は浮かれているのだ。

「あほ……」

照れ隠しの悪態《あくたい》すらいいなぁと笑ってしまうくらいに。

「……えっと、その、あれや、今度の里帰りの話。向こうはそれでええって」

このままでは恥ずかしくてたまらなかったのだろう、姫子さんが話を変えてくる。

「わかりました。それじゃあ予定通りに」

僕たちはもうすっかり大人だけれども、結婚するとなればやはり筋は通さねばならないもので、それぞれの両親に挨拶《あいさつ》をしなくちゃいけない。その日取りの話だ。うちの両親は水曜がちょうど祝日なのでそこで、彼女の家には週末に……ついでに有休を一日とって婚前旅行もしてしまおうという腹だ。可能であれば両家の顔合わせも日取りを決めてしまいたいが、なんせ一カ月でコトを進めなくちゃいけないので実現するかどうか。結婚式だって現実的に無理だって諦《あきら》めることになったしね。

「……めっちゃ怒られたわ」

「そりゃまたどうして?」

「……連絡取るの何年振りやって感じでなぁ」

曰《いわ》く、姫子さんのご母堂が訪ねてきたことがあったらしく、その時に例の裕也《ゆうや》氏が出たものだから誰だお前はから始まり多大なる失礼と暴言が飛び交《か》う大騒ぎになってしまい、以来どうにも連絡がとりにくかったとかなんとか。ああ、実に彼女らしい不器用さじゃないか。

「じゃあ実家にも帰ったりは……」

「あいつ置いて何日も家あけるとか、無理やったしなぁ……」

その時点で確実に恋人じゃなくて猛獣《もうじゅう》かなにかですよね、というツッコミは野暮《やぼ》だからやめておこう。過ぎた話だし、その先に今があるのだし。笑い話にしておくのが吉だ。

「お母さん、あの男みたいなのやったら絶縁《ぜつえん》やって言うてたわ」

首をすくめる彼女に暗いものはなくて、どうやら久しぶりの電話は親子の仲を修復するきっかけにはなったようだ。

「ハードルが上がってるのか下がってるのか微妙なところですねぇ」

どんな反応をされるのか、いやそれ以前に姫子さんの家族がどんな人なのか、楽しみだ。そんなことを考えながら僕は両手を合わせて、ごちそうさまと頭を下げる。

美味しかった。味はもちろん、愛する人と食卓を囲むってのはそれを何十倍にも増幅してくれる気がする。

「お風呂入る？」

お皿を片付けようと手を伸ばすのを制する形で問いかけられる。それくらいするのに、とは同棲《どうせい》を始めてすぐに言ったのだけれど、彼女としてはそこは譲《ゆず》れないらしい。状況的に専業主婦みたいなものなのだから家事は自分の仕事だということらしく、『元気になって働き出したらお願いするやろからそれまでその気持ち残しといて』というお言葉を頂いた。

「……そうします」

別に歯向かうつもりはない。一人暮らしで染みついたものが抜けきれなくて、少しばかり落ち着かないだけ。多分一緒に暮らすってことは、こういう妥協《だきょう》というか、落としどころというか、そういったものを見つけていくことなんだろう。

何とも新鮮だ。そして、きっとそういった折衝《せっしょう》が当たり前になることが『家族になる』ってことなんだろう。こんな感覚、家族相手に意識したことなんてなかったから。

鼻歌交じりに流し台にお皿を運ぶ姫子さんを見つめながらそんなことを考えて、ふと、一つの疑問がわいてくる。

「姫子さん」

「んー？」

「お風呂のあとはやっぱり『ア・タ・シ』なんでしょうか？」

がちゃん、と食器のぶつかる音がして顔を真っ赤にしてこっちを見上げる彼女はとてつもない破壊力をもっていて、

「じゃあお風呂入ってきます」

兎《と》に角《かく》、これ以上テンションが上がる前に汗《あせ》を流してしまおうと返事を待たずにお風呂場へ。扉の向こうから『幸大のあほぉ！』という叫びが聞こえた気がするけど、とりあえずは気にしないことにしよう。

風呂から上がると、ちょこんとベッドに腰かける姫子さんの姿があった。

ウェーブがかった髪の端をクリクリと弄《いじ》って、少し緊張した様子で……それを隠すようにテレビのチャンネルをザッピングする様に思わず笑みがこぼれた。

「何か面白そうなのやってます？」

「へ？　あ、うん……どうやろ……」

内容なんて頭に入っていなかったのだろう。握られていたリモコンを取って（その際ビクッ、と反応したのがとても可愛らしかったのだけれど断腸《だんちょう》の思いでスルーする）、彼女に倣《なら》ってチャンネルを切り替える。

「あ、このクイズ番組好きなんですよねぇ。ああ、そういえばこういうの忘れてるなぁって教えてくれる感じで」

隣に座って（この時の初心な反応も是非《ぜひ》とも録画しておきたかった。この部屋に監視カメラがないことが悔《く》やまれる）そんなことを言っていると、彼女は混乱した様子で僕とテレビを交互に見比べてどうすればいいのかとソワソワと身体を揺らす。

交際がスタートして、同棲も始めたけれど僕らの間にはシリアスなものがありすぎてなかなかそんな雰囲気《ふんいき》になることができなかった。漸《よう》くいろいろなことが落ち着いて、平常運転に切り替えることができたのが今日だ。

風呂に入る前の僕の言葉だって、姫子さんにまだその気がなければ冗談として流すことだってできた。『あほぉ』って叫んでオチまでついてるしね。それならそれで、残念だけれど仕方ないかなって我慢《がまん》だってするつもりだった。

けれどどうだろう、この反応は。律儀《りちぎ》というか、真《ま》に受けるというか……あるいは期待してくれているのか？　もはや是《ぜ》と言っているようなものなのだけれどこんな可愛らしい反応を見せられるとたまらない。

「『マミえる』を漢字で書けって急に言われるとパッっとでてきませんよね。『見』って字でいいんでしたっけ？」

歪んでいる？　いやいや、これは……そう、関西風に言うと『ツッコミ待ち』ってやつだ。

「え、あー、そうやったかなぁ……あははー」

もちろん彼女の中には正誤どころかクイズの内容すら頭に入っていないだろう。

「ちょっとググればわかる話なんですけど、こういうのって調べたら負けな気がするから面白いですよね」

「そやねー……って、ちゃうやろ!?」

ちょっとからかい過ぎだろうか、と思ったところで姫子さんが爆発する。いいノリツッコミだ。

「お風呂の後はうちやとか言うといて！　せやかと思ったらしれーっとテレビ見て？　なんなん!?　うち、どうしたらええん!?」

顔を真っ赤にして僕の胸をポカポカと叩《たた》きながら、彼女が叫ぶ。

「すいません。なんだかあわあわしてる姫子さんが可愛くて、その、つい」

流石《さすが》にやりすぎたな、と反省を口にしたのだけれど、どうにも姫子さんには羞恥心を高める

効果しかなかったようで、

「大木くんのあほぉ!!」

今『大木くん』って言いましたね、とは流石に言わないけれど、ぼふっ、っとベッドに顔を埋めて足をバタつかせる彼女には何かコメントが必要だろう。

「えっと、その……すいません。浮かれてるんです、僕」

うつぶせになる彼女を重なるように抱きしめて、重いだの暑いだのという抗議を無視しながら耳元で囁《ささや》く。

「だったらそういうの態度にだしぃ。うちだけ浮かれて、うちだけ期待してたみたいで……めっちゃ恥ずいねんで?」

「なんとなくわかっていたからつい、からかいたくなったというか」

「いけずやわぁ」

「ほら、好きな子には意地悪したくなる時もあるんですよ」

また叱《しか》られるかな、と思ったけれど『あほ』と返ってきた声に怒気《どき》はあまり含まれていなかった。どっちかというと、『好き』と言われて照れてしまってうまく怒れない、みたいな。

くそう、可愛いなぁ全く。

「ええと……」

この場合、このまま致しても構わないのでしょうか? とは流石に聞かない。それくらいは察しがつく。

顔をベッドに埋めたままなのは残念だけれど、きっと恥ずかしいのだろう。

重ねた身体をずらして、彼女のスウェット地のズボンに手をかける。

ピクンと腰が跳《は》ねて、少しだけお尻《しり》を突き出して脱がせやすくしてくれるのはありがたい。

「え？　あっ……」

しかしながらいきなり下着ごと脱がされるとは思わなかったのだろう、ぷりんと小さなお尻が露《あらわ》になって彼女は小さな声を漏《も》らした。けれどそれ以上の抵抗はなく、僕はゆっくりとそこに手を伸ばす。

「……っ」

肌《はだ》に触れると小さく身体が跳ねる。そういえばこうして彼女のお尻に触れるのは初めてな気がする。

胸に比べれば肉のついた——なんて言い方をすればきっと烈火《れっか》のように怒られるんだろうけれど——そこは程よい弾力と滑らかな肌触りでもって僕を愉《たの》しませてくれた。

さわさわと撫《な》でまわせばぷるぷると淡い快感に震え、割れ目を軽くなぞれば『まさかそっちを触るん？』って聞いてくるみたいに小さく跳ねる。しばらく揉《も》み続けると突き出すように腰が浮き始め、まるで独立した生き物みたいにふるふると左右に揺れ始める。

「っ、ぅ……」

浅く開いた脚《あし》の間に指を滑り込ませるとベッドで吸収しきれない喘《あえ》ぎも納得の湿り気が熱く絡《から》みつく。相変わらず敏感なのか、それとも『期待』がそうさせたのか聞くほど野暮じゃない。

それに、必死に声を押し殺してお尻をぷるぷると震わせる姫子さんは、その、なんだ……滅茶苦茶興奮《こうふん》する。

「あっ、んあっ……！」

手探りだけれど、ぬるぬると割れ目をなぞればそこが『穴』だってことはすぐにわかった。そこを解《ほぐ》すように撫でまわすと腰がくねり、指を潜らせると背中が跳ね、指をカギみたいにしてクイッ、と上方向にベクトルを変えると、その分だけお尻が浮き上がる。

姫子さんはつい顔を上げて声をあげてしまったのが余程恥ずかしかったのか、シーツを摑《つか》んで今度こそ仰《の》け反《ぞ》るまいと次の快感に備えている。

いくらヤケを起こしていてお酒が入っていたといっても、最初の時から考えたら想像もつかない恥ずかしがりようだ。夢の国に行った夜のあれといい、むしろ羞恥心が増しているんじゃないかって感じ。これはこれで素敵《すてき》なんだけどね。

「っ、くっ……！」

ぐちゃ、と部屋に音が響くほどに濡《ぬ》れだした膣《ちつ》内をかき回し、時折クイクイッ、と指で持ち上げてやれば腰が幾度《いくど》となく跳ね上がり、気づけば可愛らしいお尻を高く突き出す扇情《せんじょう》的なポーズになっていた。

少し視線を移動させれば尻肉の間でヒクヒクと愛液を垂《た》れ流す割れ目も、その上で恥ずかしげに震える菊座《きくざ》も丸見えだ。

もう準備は十分で、このまま挿入《そうにゅう》してしまってもいいのだろう。

けれど、

「姫子さん、そろそろ顔を見せてもらえませんか？」

ふーっ、ふーっ、とまるで厳戒《げんかい》態勢の猫みたいにベッドに顔を押しつけて荒い息を漏らす彼女にそう声をかけていた。

このましてももちろん気持ちいいだろうけれど、できれば愛《いと》しい人の顔を見てセックスがしたい。後ろ向きじゃキスの一つもできやしない。

けれど、彼女はといえばぷるぷると首を左右に震わせるばかり。

「ほら、姫子さん」

弱々しく抵抗する彼女をころん、と転がして仰向《あおむ》けにして顔を隠そうとする腕を優しくどかすと、恨《うら》めしげな目がこちらを見ていた。柳眉《りゅうび》は吊《つ》り上がっていたけれど、顔は真っ赤で睨《にら》む瞳もひとたび緩《ゆる》めばとろとろに溶けてしまいそうなくらい情欲に潤《うる》んでいた。今すぐコトに及ばなかっただけでも褒《ほ》めてほしい。

「やっぱり姫子さんの顔を見ながらの方がいいです」

「恥ずかしいのにぃ……いけず」

口を尖《とが》らせてはいても言葉に険《けん》はない。

「そんなに恥ずかしがらなくたっていいじゃないですか」

そう笑いかけると、彼女は怒りというよりは呆《あき》れの表情で、

「あのなぁ、好きな男が抱いてくれるんやで？　恥ずかしくないわけないやろっ？　嬉《うれ》しくな

いわけないやろっ？　その上顔なんか見てたら……幸せすぎて、死んでまうやんか……」

とんでもない殺し文句を口にした。

ああ、無理だ。こんなの我慢なんてできるはずがない。

ぐい、と彼女の身体を押さえつけて、抵抗される前に無理矢理唇《くちびる》を重ねる。

僕だって姫子さんが大好きなんだぜ？　こんなこと言われて、たまらなくならないほうがどうかしている。

「んっ、ふむぅ……」

唇の隙間《すきま》から舌《した》を侵入させると、おっかなびっくりの彼女の舌が絡みつく。戸惑《とまど》いは最初の数秒だけ、その後はどちらともなく貪《むさぼ》るように絡み合って、愛情を、欲情を、ぶつけ合う。

身体を重ねるたびに姫子さんの羞恥心が増していったのは、それだけ僕を好きになっていたから……ああ、ヒントはとっくの昔からあったんだ。彼女の好意に、恋慕《れんぼ》に、気づく機会なんてずっと前からあったんだ。僕の察しが悪いばっかりに、彼女を待たせて、悩ませてしまったのかもしれない。

ああ、ごめんなさい。そして、大好きです。

「はぁ、はぁっ……」

気がつけば僕らは口元をベタベタにしながら呼吸困難に息を切らして見つめあっていた。

いい大人が、キスのペースすらつかめないだなんて、どうかしてる。けれど、それくらいこの恋は、愛は、熱病なんだ。

「……死んじゃ駄目ですよ、姫子さん。こんな僕でよかったらずっと見つめていますから、ずっと幸せでいてください」

そうじゃなければ彼女の病《やまい》のことすら忘れてこんな思い出すだけでのたうちまわりたくなりそうなセリフ、飛び出してこないさ。

「……わかった。一生言うたるわ……あの時めちゃくちゃくっさいセリフ吐いたなぁって」

僕の言葉がどんな風に彼女に響いたのかはわからないけれど、その言葉に、笑みに、暗い影なんて一つもなかった。

「その度に言いますよ、姫子さんが好きなんだからしょうがないじゃないですか、ってね」

そう言って唇を重ねて、そのまま服を脱がしあって……一つになるべく姫子さんの秘所に分身を添える。

もちろんゴムは用意してある。

こんな時に妊娠したらコトだから？　違うよ、まだ姫子さんと二人で過ごす時間が欲しいんだよ、僕は。

「なぁ、リクエストしてええかな？」

「なんなりと」

「……めっちゃ優しぃして……めっちゃらぶらぶなやつ」

「そんな可愛いこと言って、それは無茶振りってやつじゃないですかね……」

けれど、仰《おお》せのままに。

唇を重ねながら、ゆっくりと彼女の膣内に肉棒を埋めていく。

「んっ、あはは……なんかもうぴったりやね……」

彼女が僕の形になったのか、それとも僕が姫子さんの形になったのか。まるで最初からそうあるかのようにぴったりと、結合部が絡み合う感覚。動くことすら許さないレベルの締めつけが全方位から僕を包み込んでくる。

「姫子さん」

「ん……幸大くん」

呼び合うだけで伝わるって素敵だ。

彼女が両腕を伸ばし、僕はそれに引き寄せられるように抱きしめて、腰をゆっくりと動かしながら唇を重ねる。

口腔《こうこう》に侵入した舌先が歯列をなぞれば緩慢《かんまん》な注挿《ちゅうそう》を繰り返す肉棒がきゅうきゅうと締めつけられ、互いに唇を貪ればそこの部分以外の場所からも水音が響き渡る。

鼻を鳴らして彼女が僕の唇を啄《ついば》むのに対して腰を突き上げれば甘い喘ぎがこぼれ、ぎゅうと抱きしめれば喜色の混じった吐息《といき》が漏れる。

これはきっと、僕と姫子さんの初めてのセックスだ。憂《う》さ晴らしでも、寂《さび》しさを埋めるためでもない、ただ心底《しんそこ》愛し合うための行為。

それが幸福でないはずがない。

「あっ、んっ……好き、好きやよ」

唇を離せば嬌声《きょうせい》と恋慕が部屋に響き、

「んっ、ふむぅ……あふ、んむぅ……」

口を塞《ふさ》げば、甘い喘ぎと絡まった水音が頭蓋《とうがい》を震わす。

「好きです、大好きです。姫子さん」

僕の声も、彼女の声も、もはやそれはただの言葉ではなく、頭を貫《つらぬ》く快楽信号に外ならない。

肉棒の注挿が声を生み、そしてその声がさらに快感を高める、幸福な相互作用。

ちゅぷ、と水音を響かせているのはどこだろう？　きゅっ、と締めつけているのは誰だろう？　溶けあって、溶けあって、もはや何もわからなくなるくらいに僕らは一つだ。

「あっ、んんっ、あ……すごいねん、なんやすごいねん……」

想像以上の快感に戸惑いを見せる彼女の頭を撫でると、ふわっ、と表情が緩んだ分だけ下腹が締めつけられ、

「んっ、あっ、あっあっ！」

ぴくぴくと姫子さんが跳ねる。

その小さな身体が桃色に染まり、玉の汗を散らして揺れて、快感を全力で訴える。

きっと、いや、間違いなく僕もそうなのだろう。

言わずともわかる。わからずとも伝わる。そんなサイクルが出来上がってしまっているのだから。

だから、

彼女が果てそうなことも、僕も終わりが近いことも、わかっていて……

「幸大くん……」

唇を重ねて、終わりたくない快楽の渦《うず》のゴールに向けてスパートをかける。

「姫子さん」

僕らは二人だけれど、一つの生き物で、だから……

ぐちゃぐちゃと水音が響く。肉のぶつかる振動さえ悦楽だ。

「あぁぁぁぁぁぁぁぁぁっ！」

彼女の絶頂の声は、同時に僕が果てた合図でもあった。

二人を隔《へだ》てるゴム膜《まく》がなければきっと僕らは二度と二人に戻れなかったんじゃないか？　そんな妄想《もうそう》さえ浮かんでしまう、高い高い気を失いそうな頂《いただき》。

ほぼ同時にくたりと力が抜けて、かろうじて残った理性で両腕に力を入れて身体を支え、荒い息を吐いて愛しい人を見下ろせば、とろとろに溶けた瞳がそれでも僕を認めて喜色に形を変える。

「はぁ……はぁ……幸大くん」

彼女の求めるままに抱き寄せて重くならないように横向きに転がれば、ぎゅう、と背中に細腕が絡みつく。

「なんか……はぁ、ええね」

「はい、ハッピーな感じです」

奇妙な達成感というかなんというか、身体以上に何かが満たされたような感覚だ。

そんな僕の考えと同じだったのだろう、姫子さんもどこか満ち足りた表情でこちらを見上げ、笑いあう。

「あっ……」

少し身動《みじろ》ぎするとペニスが抜けて、彼女は小さく声を上げて少し身体を離してそれをまじまじと見つめる。

「そんなに見るものでもないでしょう」

「そうなんかもしれんけどなぁ」

言いながら彼女は身体の向きを変えて、肉棒を手にしてゴムを引き抜いていく。

「うわー、すごい出てる。こりゃあゴムなかったら危なかったねぇ」

ケラケラと笑いながらそう言ってしまうあたりが姫子さんらしいなと笑っていると、ゴムを結んでゴミ箱に捨てたかと思いきや再び僕の分身に手を伸ばして、

「へ？」

パクリ、と咥《くわ》えこんでしまったじゃないか。

「んー？」

何かあかんかった？　とでも謂《い》わんばかりに小首を傾げながら舌を絡められてしまうと、もう満たされたと思っていたはずなのに身体がまた疼《うず》き始める。参ったな。

「なぁなぁ、ほんまはあかんやろなぁって思ってること言っていい？」

あらかた精液を舐《な》めとって、ちゅぽん、と口を離した姫子さんが甘えるような目で見上げてくる。

だから困ります、そうナチュラルにこっちを刺激するようなのは。姫子さんにもう一回しませんかって、余韻《よいん》を壊すようなこと言いたくなるじゃないですか。

「なんでしょう」

「もう一回しよ？」

「なっ……」

まさかの発言に言葉が詰まる。

まさか姫子さんからお誘いが来るとは。ていうか、ペニスに指を這《は》わせながら聞くのって反則じゃないですか？　もうそれ断らせるつもりないですよね？　最初滅茶苦茶恥じらってたのにノリノリになってるじゃないですか。

「明日もお仕事やしってのはわかってるんよ？　でもな、すごいよかってんもん。なんかこのまま終わるのもったいないっていうかぁ、いやっていうかぁ……」

みるみる固くなる僕の分身に脈ありと感じたのか、にぃ、と誘うように笑いながらねだられてはもう降参《こうさん》だ。

そうですね、余韻とか考えてた僕が馬鹿《ばか》でした。

あれだけ気持ちよかったんです、もう一回したらもっと気持ちいいに決まってますよ、そんなの。

「そんなお誘いをノーって言える奴《やつ》、いるはずないでしょう?」

僕の返答に姫子さんはにっこりと笑って、新しいコンドームを鼻歌交じりに用意し始める。

本当に愉快《ゆかい》な人だ。

けど、このハッピーがまだ終わらないならそれはとてもいいことだ。そんなことを考えながら僕は姫子さんとの二回戦に挑《いど》むべく、彼女を抱き寄せるのだった。

9 姫子さんと里帰り。

姫子《ひめこ》さんのご家族に結婚の挨拶《あいさつ》に行く新幹線の車中のことだった。

「ふふっ……」

隣の席で小さく笑った彼女が気になってぼんやりと眺《なが》めていた電光掲示板のニュースから視線を移すと、

「ちょっと思い出し笑い。幸大《ゆきひろ》くんの家に行ったときのこと」

と答えた。

結婚の挨拶のため久々に実家に帰ったのは先日のこと。滞《とどこお》りなく承諾《しょうだく》してもらったわけだけれど、そんな思い出すほど面白《おもしろ》いことなんてあっただろうか？　我が家のことなのでいまいちピンとこない。

「いやね……幸大くんのお父さんとお母さんやったなぁって」

これればかりはコメントに困るところだ。

父は僕と同じくサラリーマン。背丈《せたけ》も大きく、きっと身体の遺伝子はほとんど父からのものだと思う。なんというかいつもとぼけた顔をしている人だ。決して悪い意味ではないんだけれど、こう何事にも流されないというか……反抗期の際には何を言っても受け流され、疲弊《ひへい》させられたものだ。長らく彼が怒るところを見たことがない。

一方で母はまた別の意味で打たれても響かない人だ。事務的というか感情を交えないというか、即断即決、何もかもをバッサリといく。家族だからこそその微妙な表情の変化に気づくことができるけれど、他人からすれば無遠慮すぎて人間関係が成立しないんじゃないかって心配になることがある。もちろん、その決断が概《おおむ》ね正しいから僕は彼女に逆らえないのだけれど。

「見た目はお父さん、中身はお母さんって感じやったねぇ」

僕はあんな風に柳《やなぎ》みたいな顔してないし、母ほど潔《いさぎよ》くはないと思うんだけれど……まぁ、第一印象的にはそうなのかもしれない。いずれにせよ、似てる似てないって話は親的には嬉《うれ》しいのかもしれないけれど子供としてはなんとも居心地《いごこち》が悪いものだ。きっと姫子さんの家族を見た後、僕も同じような話をしてしまうのだろうけれど。

「で、なんだかんだで幸大くんちでモノ決めるんはお父さんや」

よくわかりましたね、と僕は目を丸くする。

女性らしい観察眼というかなんというか、彼女の言う通りうちの家族は大抵《たいてい》の場合、母と僕の間に齟齬《そご》が発生して父がなんとなく丸く収めるっていうサイクルで出来上がっている。

「お母さん、幸大くんそっくりやん。ずばーっ、と物言うのに一番心配してたんあの人やろ？」

実を言えば姫子さんの病気については黙っておくつもりだった。それを理由に反対する人たちではないけれど、それ故《ゆえ》に余計な気遣《きづか》いをさせるのも申し訳ないと思っていたから。だというのに母ときたら『で、幸大。他にまだ言うことがあるんじゃないの？』ときたもんだ。

「親を見くびっていたわけではなかったんですが、即バレでしたねぇ」

「あれはキミがヘラヘラと嘘《うそ》ついてるの丸出しの顔してたからやろ」

むぅ、そう言われてしまうと立つ瀬がない。姫子さんがわかるなら両親にはモロバレじゃないか。

「でな？　あの時お母さん言うたやろ？『覚悟はできてるの？』って。そしたらお父さんが『幸大が決めたことなら構わないよ』言うて、そしたらお母さんは黙らはった。だから、ああ、この家はそういう風にできてんねんなぁって」

ううむ、よく見てらっしゃる。この察しのよさは見習っていかないと。

「お母さん、めっちゃ心配してはったよ。うちがおらんかったらもっとキツい言い方してはったかもしれん。でもせーへんかった……うちのことも立ててくれはったんよ？　めっちゃええ人。で、お父さんはそれをわかった上でぜーんぶ引き受けはったんや。いつか後悔したら自分を責めや、って。やっぱりええ人や」

知らぬは当人ばかり、ってやつなのだろう。あの時の僕はそんな細《こま》やかな感情を読み取ることすらできていなかった。姫子さんがいなかったらきっとずっと気づかなかったままだろう。

「だからキミはキミなんやろね……そういう優しいところ、二人からもろたんや」

やめてください、くすぐったい。そんなに褒《ほ》めたって何もでませんよ。

まともに姫子さんのほうを向けなくて、それを見た彼女はケラケラと笑って……そんな感じで僕らは大阪へと向かうのだった。

新大阪、新横浜、新鳥栖《しんとす》……新のつく駅は大体中心地から離れている法則はなんなんだろう？

そんな益体《やくたい》もないことを考えながら地上にある地下鉄の駅（東京で言うと東西線みたいに潜るのに飽きてしまったのだろう）から揺られること30分弱、駅から徒歩10分ほどの住宅街のなかに小柳《おやなぎ》家はあった。

木造二階建ての呼び鈴を鳴らすと、程なくして慌《あわた》だしい足音が聞こえてがらりと引き戸が引かれ、

「こんに……」

「こら姫子っ!!　ずっと顔も見せんと!!」

挨拶するより先に女性の大声が響き渡る。

見た瞬間、間違いなく姫子さんのお母様だと確信した。だって、おでこを見せたウェーブがかったセミロングも、ディープグレイの大きな瞳《ひとみ》も、まるでそっくりで……姫子さんをそのまま20年ほどタイムスリップさせたと錯覚《さっかく》するほど濃厚な遺伝子の繋《つな》がりを感じたのだ。

「お母さん！　それは前も悪かったいうたやんか」

隣でばつが悪そうに言い返す姫子さんに、

「まだ面と向かって怒ってへんやろ、いつまでたっても親に心配かけて」

ああなんだろう、この妙な感じ。きゃんきゃんと言葉の応酬《おうしゅう》を繰り返しているけれど、なんだかじゃれあってるようで……微笑《ほほえ》ましいっていうかなんというか。

「あぁ、折角《せっかく》東京からはるばるお客さんが来てくれてはるのに見苦しいとこお見せして。どうぞぉ、お入りください。こら姫子、あんたがちゃんとせんから恥《はじ》かいたやないの」

「お母さんがうるさいだけやろ」

そんなことを考えているうちに話題の中心がこちらに向かって、あれよあれよという間に家の中へと連れ込まれていく。

……話の展開が速い。気を抜いたら即座に置いていかれそうだ。これが、関西のデフォルトだとしたらいつもの2倍は気を張っておかないと。

「失礼します」

頭を下げて姦《かしま》しい二人に連れられるままに応接室に通されしばらく待っていると、お茶と共に他のご家族も姿を現す。

「はじめまして、大木《おおき》幸大と申します。お休みの日にお時間をとっていただきありがとうございます」

簡潔《かんけつ》に、はっきりと、挨拶をして、すぐに本題には入らずプロフィールの開示を中心に会話を進める。

父、母、弟……それが姫子さんの家族構成だ。

お父様はお母様と真逆で背が高くてがっしりとした身体《からだ》つきで強面《こわもて》な感じの方だ。でもその見た目に反して、といえば失礼かもだけれど、話してみると少しシャイだけど包容力を感じさせる方だ。多分姫子さんから感じる安心感みたいなものはここからきているのかもしれない。

弟さんはこれまた面白いもので、お母様と姫子さんが似ているように、お父様をそのまま若返らせたかのようだ。どうやら僕と同い年らしく『同級生のお義兄《にい》さんかぁ』とケラケラと姫子さんと同じ笑いをしていた。もちろん、『お義兄さんは勘弁《かんべん》してください』と丁重《ていちょう》にお断りしておいたけど。

そしてお母様。姫子さんに見た目の遺伝子を全部分け与えたかのような彼女は、姫子さんに輪をかけて気《き》っ風《ぷ》のいい人だった。思ったことを口にして、言い過ぎたと思えばすぐに謝罪する……なんとも気持ちのいい人。

家族の誰からも姫子さんを感じる上に似た顔が二つずつ並ぶ光景は、初対面のはずなのに妙な安心感があった。

「姫子さんとこれからも一緒にいたいと思っています。僕は姫子さんと一緒にいられるだけで幸せなので、僕の方がお得な感じになっちゃいますけど……その分、いえ、それ以上に幸せにすると決めています。ですので、姫子さんとの結婚をお許しいただけると嬉しいです」

なかなか結婚の許しを求めるタイミングというのは難しい。けれどあまり長話をするのもよろしくないわけで、機を窺《うかが》いそれを口にする。

あまり緊張しない性質《たち》だし、小柳家の皆さんとの軽快な会話で気持ちはほぐれてはいたのだけれど、この時ばかりは口の中がカラカラになるのを感じていた。姫子さんに告白した時はもう無我夢中だったからそんなことを感じる暇《いとま》はなかったのだけれど、正式にこういうことをするとなるとなかなかにドキドキするものだ。

「あー……何ていうたらええんやろな、こういう時」

お父様は左右に目を泳がせてそう呟《つぶや》く。

『娘さんをください』と言われる父親の気持ちは僕にはわからないけれども、きっとその機会がきたら返答に窮《きゅう》する気がする。

「姫子が決めたことやから、そうしたらええと思います。ただ……なんていうか、うちのでええんですか？」

姫子さんだから結婚したいんです、そう口を開くより先に、

「そうですわ。大木さんみたいなシュッとした出来のええ人が、こんなロクに親に連絡もせぇへん薄情な子でええんですか？」

「うちの姉ちゃん、割とアホですよ？　昔、携帯とリモコン間違えて学校に持っていってしもたくらいの」

次から次へと『それでええのんか？』みたいなコメントが押し寄せる。

こういう時どんな反応をするのが正解なのかはわからないけれど、つい笑ってしまった。愛されているんだなぁ、って。

謙遜《けんそん》というには酷《ひど》く、罵倒《ばとう》というには柔らかく、程よい『いじり』は間違いなく愛情からのものだって感じたから。

「ご家族ほどではないですけれど、それなりに姫子さんのことをわかったつもりです。その上で姫子さんがいいと、結婚したい、と思ったので。リモコンと携帯を間違えたエピソードは初耳でしたけど」

「そんなん一回だけやからな？　何回もやってへんからな？　あんたしょーもないこと持ち出してきて！」

弟くんを睨《にら》みつけながら隣で姫子さんが弁解する。

いやいや、一回だけでも十分面白エピソードですよ、それ。

「そうですか。せやったら、もう言うことはないですわ。姫子は、何ていうんですかね？　一見要領がよーて、しっかりしとるんですが……肝心《かんじん》なとこで不器用いうか、やらかすいうか……心配しとったんですわ。だから大木さんみたいな立派《りっぱ》な方にもろてもらえるんならこちらこそありがたい話ですわ。どうぞ、よろしくお願いします」

きっと家族というものには一生勝てない、そう思わずにはいられない的確な姫子さん評。いや違うか、僕も家族になるんだから、もっとこれ以上に姫子さんを捉《とら》えなければいけないわけで……身が引き締まる思いだ。

「俺はまぁ、姉ちゃんにどうこう言えることないし。あ、姉ちゃんの愚痴《ぐち》やったらいくらでも聞きますよ？」

弟くんもにこやかに承諾のコメント。

そして最後に、

「……こんなええ話、あかんいう方がどうかしとるわ」

お母様が短評を下して、全《すべ》てはこともなし……の、はずだった。

「でも一つだけ」

和《なご》やかな空気をたった一言で張り詰めさせて、ギロリ、とお母様は僕ではなく隣に座る姫子さんに鋭い視線を送る。

「うちの男衆は気づいとるくせになーんも言わへん。いっつもウチに憎《にく》まれ役押しつけてからにたまらん。まぁ、それはええねん……なぁ、姫子？　あんた、隠し事があるときは何も言わんとしれーっと何でもない顔するやろ。それ、まさに今や。借りてきた猫みたいに大人しぃしとる……あんた今度は何を隠してるんや？」

デジャヴ。

ああ、やはり親とは、家族とは、偉大だ。どれだけ離れていても、いざ顔を合わせればたちどころに見抜いてしまうのだ。

一つだけ言い訳をするならば、姫子さんの病気についてはきちんと話すつもりだったんだ、結婚の許しを貰《もら》った上で。先の方がいいじゃないですかとは言ったのだけれど、『先に言うたらそれどころやなくなるから』という姫子さんの提案を是《ぜ》としたのも僕だ、これについてはこちらにも責任がある。

「それについては今から話そうと……」

「ええよ、うちから話す」

やんわりと僕を制して、姫子さんは家族を見回し、どんな表情をしたらいいのかわからない様子で小さく息を吐いて……結局苦笑するしかなくて、

「隠すつもりはなかってん。順番は後の方がええと思っただけ」

彼女が苦しみに苦しんで、僕だって悩んだこと。それを家族に伝えるのはとても辛《つら》いことだ。愛しているなら尚更《なおさら》。

「うちな……死ぬかもしれへんねん」

静かに、ただただ静かに彼女の言葉が応接室に響いた。

「頭のびょーきでな？　手術したら助かるは助かるらしいねんけど、その先はどうなるかわからんって言われてな……その、ごめん……」

家族それぞれの表情を見ていたたまれなくなったのだろう、声を震わせて姫子さんは頭を下げた。

もっと早くに言っておくべきだったのだろうか？　という後悔は無意味なことだ、だからせめて僕は僕なりの誠意を見せよう。

「僕の家族にはもう話してあります。了承してくれたのは、諸手《もろて》を挙げてってわけではないこともわかっています。けれど、それでも僕は姫子さんと結婚したいと思ってここにいます。どうか姫子さんを、責めないでください。僕のことを想って、最後の最後まで病気のこと黙って……袖《そで》にしようとして、情けない話、僕がしがみついたようなものなんです」

沈黙を最初に破ったのはお父様。

「あー……何ていうたらええんやろな、こういう時」

先程と同じ言葉。けれどその成分はさっきほど朗《ほが》らかなものではなかった。

「姫子、そういう悪い話は先にしとくもんや」

びくっ、と姫子さんの肩が震える。きっとお父様にはあまり叱《しか》られたことがないのだろう。

逆に言えば『お父さんに怒られたらほんまにあかんやつ』ってくらい大事《おおごと》なんだろう。

「上げて下げる奴《やつ》があるかいな。オチは上げるもんや……な？」

「……うん、ほんまに、ごめんなさい」

頭を下げる姫子さんに倣《なら》って僕も同じく頭を下げる。

僕らには後ろめたさがあったのだろう。嫌なことを後回しにしてしまったのだ。僕の両親の前で一度やらかしているのにも拘《かか》わらず、同じ過《あやま》ちを繰り返してしまったのだ。

「それでも、まぁ……姫子と大木さんが決めたことや、それでええと思う。散々《さんざん》悩んで決めたことなんやろ、それやったらもう言うことはあらへん」

きっといろいろな感情を抑えて出してくださった結論なんだろう、本当に頭が下がる。けれど、多分これで収まるなんていう油断を僕はしなかった。だって、

「……うちは反対や」

お母様ならそう言うだろうって予感があったから。

「こんな傷もんを嫁に出すなんて、大木さんのご両親に顔向けできひん。あんた、うちらを心配させるだけやなくて人様に迷惑までかける気か？　どんだけ面《つら》の皮厚いんや？」

ああ、姫子さんだ。流石《さすが》、姫子さんのお母様だ。きっと姫子さんも同じ立場ならそう言うだろう。僕から離れようとした思考回路はきっとここからきているんだろう。

「そんなん、わかってる」

「わかってるならなお悪いわ。あほ」

売り言葉に買い言葉みたいな応酬《おうしゅう》。先程のじゃれあいとは違う本腰の罵倒。けれどこればかりは姫子さんも（不謹慎《ふきんしん》ながら嬉しいことに）引き下がらない。

「あほでもいい、どうしようもない女や言われたって構わん！　ただ、これだけは譲《ゆず》られへん。大木くんやないと、あかんねん。一緒にいたいねん！」

泣き出しそうな顔で、それでも涙を堪《こら》えて彼女は叫ぶ。泣きたいのはこちらのほうですよ、姫子さん。

こんな時じゃなければ僕はきっと抱きしめてキスの雨を降らせていただろう。けれど、感傷に浸《ひた》っている場合ではない。僕は姫子さんの夫になる男だ、ここで援護射撃をせずしていつするのか。

「当然の反応だと僕は思います。ですが、これは二人で決めたことです。報告に配慮が足りなかった部分については反省と謝罪を。ですが、いくら姫子さんのお母様でも譲るわけにはいきません」

「……大木さんも大木さんや。ご両親にこれから死ぬ嫁を紹介するってどんな神経してはりますのや」

実に痛いところを突かれる。そして、限りなく優しい人だと再確認。ただでさえ娘を失うかもしれないとショックなのに、こちらの両親のことを心配した上で僕にまで気を遣《つか》ってくれているのだ。

姫子さんを失えば僕は傷つく、そうなる前に『こんなことを言う家族なんてまっぴらごめんやろ？　引き返すなら最後のチャンスやで』って、言ってくれているのだ。

実に実に母娘《おやこ》だ。……でもお母様、さっきも言いましたけどもうそれは姫子さんで経験済みなんです。その上に僕はいるんです。

「親不孝も承知の上です。それでも姫子さんと結婚したいんです」

はぁ、とお母様は溜息《ためいき》をついて周囲を見回す。特にお父様に対しては『貧乏《びんぼう》くじばっかり引かせよってからに』と特に厳しい視線を向けている気がする。

「……それでもあかん、って言ったら？」

「お母さん！」

立ち上がりかける姫子さんを制して、僕はゆっくりとお母様を見つめ返す。ここで『しゃあないな』とならないのがこの小柳家の女性というやつなのだろう。だったら、

「でしたら、ハワイで結婚式を挙げようと思います」

「はぁ？」

お母様だけでなく、その場にいた全員の頭の上に『？』マークが浮かびあがる。もちろんそうだろう、僕だってそう思う。けれど、インパクトっていうのは交渉《こうしょう》においては不可欠だ。

「治療にかかる費用やら期間の問題で式は挙げないことにしていたんですが、式を挙げます。別にハワイでなくてもいいんですが、とにかく盛大にやります。もちろん反対ですから小柳家の皆さんは欠席になるでしょうが、ものすごいハッピーなやつをぶち上げます」

「……大木くん？」

どれだけ驚いてるんですか姫子さん。『大木くん』って言ってますよ。

「で、式が終わってから僕は全力で貴女《あなた》を……小柳家の皆さんを説得します。孫の顔だって使って懐柔《かいじゅう》します。そうして結婚を認められてから言うんです、『あの結婚式にも来てほしかったなぁ……すごく楽しかったんです』って。もちろん嫌味になるのであまり言いませんが、『つい』ハワイは楽しかったねぇとか姫子さんと話してしまうでしょう。写真だって見せるでしょう。どうです？　滅茶苦茶《めちゃくちゃ》悔しくないですか？　僕はそれをやります。さぁ、それでも反対されますか？」

馬鹿《ばか》みたいだと思われているのは重々承知だ。けれど、これは脅《おど》しだ。『嫌だと言ったら、姫子さんをあなた方が全く与《あずか》り知らないところで幸せにしてしまうぞ』という脅しだ。お母様は、いやこの家の人たちはとことん情の深い人たちだ。娘の幸せを願い、それを見守りたくてしょうがない人たちだ。そんな家族が、姫子さんの幸せを見逃すだなんて……できるはずがない。

「大木さんは、諦《あきら》めてはれへんねんな。孫見せるって言わはったわ」

ぽつり、と言葉を漏《も》らしたのはお父様だった。

「あかんなぁ……これはあかん。諦めてもうてたんや、うちらは。なぁ、母さん」

「うっさい、あんたはほんま……こういう時だけ自分でもの言うて」

悔しさを隠そうともせずにお父様を睨みつけてお母様は立ち上がり、

「姫子、ちょっとおいで。準備するで」

「へ？　何の？」

「決まってるやろ、『前撮り』や。はよしぃ」

それだけ言うと、すたすたと応接室から出て行ってしまった。

『前撮り』……って、あの？　結婚式の前とかにやる記念写真的な？　それってつまり……

「え、ちょっ……お母さん!?　それって……ちょっと、待ってぇな！」

そういうことやんな？　と戸惑《とまど》いながら僕を見て姫子さんは慌《あわ》ててお母様を追いかける。

「まぁ、そういうことですわ。いや、お恥《は》ずかしい。うちらが先に諦めてもうてました。家族やのに、親やのに姫子のこと……もうあかんって思うてまいました。けど大木さんは違わはった。完敗ですわ」

弱々しく笑うお父様に僕は首を振る。準備期間が違うのだ。突然に死を告げられて、それをすぐに乗り越えることなんて誰だって難しい。僕だって、なんとしてでも彼女と一緒になるって気持ちがあったからこそだし、今でもふと一人になれば不安に駆られることがあるのだから。

「いやぁ、お義兄さん……おもろい人やわ。これからよろしくお願いしますわ」

だからお義兄さんはやめてください、そう苦笑いすると弟さんはイタズラっぽい笑みを浮かべる。

ああ、この家はたまらない。何もかもが姫子さんに見えるんだから。

スタジオアルス——どこにでもある、いやむしろ今時まだ生き残っているのかと感心するような、町の小さな写真館に弟さんの運転する車で運ばれ、あれよあれよというちにタキシードに着替えさせられた。お父様が結婚式で着たものらしい。隣に立つウエディングドレス姿の姫子さん（こちらはお母様のものらしい）をちらりと見ると、

「『どうせあんたのことやから式は挙げへんとか言うに決まってるから用意してたんや』やって。予想通りやって言われたわ」

と苦笑した。

やはり親というものには、家族というものには勝てないようにできているのかもしれない。

「それはそうとして、綺麗《きれい》です……姫子さん」

病気を理由に結婚式はしないことにしていたけれど、その選択は間違いなく誤りだった……今、僕はまさにそう実感しているところだ。

真っ白なドレスに包まれたその姿は、これまで見たどの姫子さんとも違っていた。静謐《せいひつ》で、神聖で……この存在を僕のものにしていいのだろうかって気後《きおく》れするくらいに美しい。

こんな素晴らしい機会を逸《いっ》するところだったのかと思うと、僕はまだまだ浅はかだと反省するしお母様には感謝しかない。

「……褒めても何も出んよ？」

「もうたっぷり貰ってます。いつも以上に素敵《すてき》です」

「……キミは本当に恥ずかしげもなく言うからかなわんわ」

顔を真っ赤にして目を逸《そ》らされてしまった。そういう照《て》れ屋なところを見せてくれることで、やっと隣に立つ女性が姫子さんだと安心してしまうのはちょっと失礼かなとは思ったけれど、なんというかそれほど浮世離《うきよばな》れして見えたんだ。

「いやぁ、姫ちゃんもついに結婚かぁ……大きぃなったなぁ。いや、全然大きくはなってへんねんけど」

そんな僕らにカメラを向ける写真館の店主は、笑顔の絶えない——というよりはそもそもが笑い顔な壮年の男性だ。何でも姫子さんが幼《おさな》い頃からずっと記念撮影となればこの写真館だそうで、感慨《かんがい》もひとしおなのだろう。

「おっちゃん！　それ成人式の時も言うた」

口を尖《とが》らせる彼女に、『中一の夏で身長伸びんくなったぁ、って泣きながら帰ってきたんが懐《なつ》かしいわぁ』とお母様の容赦《ようしゃ》のない追い討《う》ちがかかってスタジオに笑い声が響く。

僕の知らない姫子さんの話は、新たな一面を知れて嬉しい一方で、それを知らなかったことに子供じみた悔しさを感じてしまう……なんともくすぐったい感覚がある。けれどそんなものすら包み込んで『家族にする』、そんな雰囲気《ふんいき》がこの写真館には満ちていた。

朗らか、というよりは騒がしい笑い声が満ちる中で撮影は続く。

一人で、夫婦そろって、家族で……ああ、しまったな。うちの両親にもこういった形のものを残してあげるべきだった。東京に戻ったらせめて家族写真ぐらい撮りに行こう。

「はい、これで最後かなぁ。姫ちゃん、結婚おめでとうなぁ」

カメラから顔を上げてそう言うと店主は席を外す。

「そちらのご両親も呼ばんと急にこんなことしてすんませんなぁ」

それを見送りながらお父様がそんなことを言うので慌てて首を振る。

「こちらの至《いた》らなさを痛感しているところです。ドレス写真なんて思いつきもしていなかったんですよ。用意していただいて、ありがとうございます」

そう言って頭を下げると、ちょいちょいと弟さんが僕とお父様の肩を叩《たた》く。

彼の指差す方を見やると、姫子さんとお母様が泣きながら抱き合ってなにか囁《ささや》きあっているところだった。

何を話しているのかはわからないけれど、二人の間にあったわだかまりが解消したことは間違いない。

「オカンも姉ちゃんも偏屈《へんくつ》やから……ああいう風にできたんはお義兄さんのお陰《かげ》ですわ」

「……僕は結婚の挨拶に来ただけですよ。あと、もうお義兄さんはデフォですか」

弟さんが『そっちのほうがおもろいでしょ？』と笑う。

お父様も笑う。

だったら僕も笑うしかない。

こんな笑顔に囲まれていたから、姫子さんはあんなに楽しそうに笑う人になったのだろう。

『だからキミはキミなんやろね』

と彼女は言った。今ならその気持ちがよくわかる。

きっと僕も大阪土産《みやげ》をたっぷり荷台に積んだ帰りの新幹線で思い出し笑いをするのだろう。

そして訝《いぶか》しげにこちらを見る彼女にこう言うのだ。

『いやぁ、姫子さんのご家族だったなぁ……』って。

10　姫子さんと入院。

一カ月なんてあっという間だ。

お互いの親に挨拶《あいさつ》をして、両家顔合わせも済み、婚姻届《こんいん》を出して……姫子《ひめこ》さんが正式に『小《お》柳《やなぎ》さん』でなくなった頃にはもう残り時間はわずかだった。

やりたいことはもちろん沢山《たくさん》あるけれどやらなくてはいけないことは概《おおむ》ね終わった……そんな感じ。

病院にはすでに『手術する』と伝えてあるから、明日を迎えたら病院に行って、そのまま入院になる。

だから今夜は僕らの日々のひとまずの『最後』というわけだ。

「～～♪」

キッチンから聞きなれない鼻歌が流れてくる。

何の歌だろう？　なんとなく西の匂《にお》いがする雰囲気《ふんいき》だけれど。

そんな僕の疑問が顔に出ていたのだろう、夕食を運びながら姫子さんは、

「ああ、ローカルのＣＭソング。ちっちゃい頃よう聞いたんよ」

なんか急に思い出してなぁ、と笑う。

「なるほど、関西のローカルCMなら僕も知ってるやつがありますよ。宇宙船がお好み焼きのコテになるやつ」

「それめっちゃ古いよ？　いくつなんよ」

「姫子さんの二つ下です」

「あほ」

くっくっくっ、と二人で笑いあって、食卓に夕食が並ぶ。

本日の献立《こんだて》はブリの照り焼きにほうれん草のおひたし、豆腐《とうふ》の味噌汁《みそしる》。

『最後の晩餐《ばんさん》』にしてはとても普通なのだけれど……それはとても僕ららしい。

もう一度、いやこれから先何度も共に食卓を囲むつもりなのだから、特別なことなんて何一つ必要ない。そういう願いがここにはある。

「ちょっと大阪が恋しい感じですか？」

「別に。もう戻られへんなぁ、思ってた時は恋しかったこともあったけど……もう、そうやないし。それにうちは嫁《とつ》いだんやで？　今はキミだけや」

殺し文句を言ったつもりなのだろうけど、顔が真っ赤だ。かくいう僕も何と返していいのやらで同じような顔をしているのだろう。

一カ月なんてあっという間だけれど、たった一カ月で慣れるかといえばそういうわけでもない。なんとも照れくさい。

「何か言いや。めっちゃ恥《は》ずかしいやん」

「いや、その……幸せだなぁ、といいますか」

言うとますます姫子さんの顔が紅潮《こうちょう》する。だから黙っていたんだけれど言えと言われたのだから僕に責任はないはずだ、うん。

「キミは恥ずかしい子や」

「言わせないでくださいよ」

また二人で笑いあって箸《はし》をのばす……とてもささやかで、穏《おだ》やかで、明日も明後日《あさって》も続くはずの時間。けれど、残念なことに終わらないで欲しいことほど障害が多いものだ。だから僕は、いや僕らは、精一杯《せいいっぱい》この時間を噛《か》み締めるのだ。

「……」

「……」

ちょっと噛み締めすぎただろうか？　なんだか上手《うま》く言葉が出てこなくて、でも決して居心《いご》地《ち》が悪いわけでもなく気がつけばすっかり夕餉《ゆうげ》を平らげてしまっていた。

「あ」

ごちそうさま、と言いかけたところで姫子さんが買ったまま積みっぱなしにしておいた文庫本を見つけた時のような声を上げる。

「あれ。ほら、ずっと数えてたやつ。あれって結局どうなったんやっけ？」

『小柳さん』『大木《おおき》くん』と呼び間違えたら罰《ばつ》ゲーム……そう決めたのが遠い昔に思えるけれ

ど、たったひと月前の出来事だ。慌《あわただ》しさの中ですっかり罰ゲームのことなんて忘れていたけれど、粛々《しゅくしゅく》と記録だけは続いている。

「ああ、すっかり忘れていました」

言われてスマホを捜す。最初はホワイトボードにつけていたけれど外出先でもやらかすことがあったのでいつの間にかこれで記録するようになっていたのだ。

「どれくらいたまってるん？」

「えっと、僕が17回で、姫子さんが33回です」

どうせ僕の方が多いだろう……そんな余裕の表情が驚愕《きょうがく》に変わる。

「嘘《うそ》やん!?」

「残念ながら記録ではそうなっています」

ちなみに僕の最後の記録は一週間前。最初の頃こそ僕の方がポイントを重ねていたけれど姫子さんはコンスタントに数を重ねている感じ。まぁ、そもそも僕が『姫子さん』と呼びたくて始めたことだし妥当《だとう》な結果ではないだろうか。

「むぅ……」

姫子さんは箸を静かに置くと、トトッ、と僕の隣までやってきて正座する。何やら神妙《しんみょう》な面持《おもも》ちなものだから僕も思わず向き直り、正座してしまう。

「あのな、幸大《ゆきひろ》くん」

「はい」

「うち、キミのことちゃんと好きやからな？」

はい？

「そりゃあ、そうだと思ってますし……僕も好きですし……」

いきなり何を言い出すのかと姫子さんを見返すと、その双眸《そうぼう》には『そうやないねん』と悔《くや》しげに書かれている。

「うっかりなんや。ちゃんと、好きやねん。だから……」

ああ成る程と合点《がてん》する。つまり姫子さんは呼び間違いが多いことで『実のところそんなに好きでもないんじゃないか？』と疑念を持たれると考えたわけだ。

たかが呼び名でしょう？　とは『姫』と呼ばれるのを恥ずかしがった彼女にこちらの欲求を押しつけた身としては言えないけれど、そんなこと考えもしなかった。

「元々、僕が姫子さんって呼びたくて始まったことです。言い出しっぺが17回もやらかしてることを叱《しか》られるならともかく、そんなことで姫子さんを疑ったりなんてありえませんよ」

そう言っても姫子さんは弱々しく『でも……』と目を逸《そ》らす。

おかしいな、こんなことで落ち込むはずないのに……と首を傾《かし》げて、はたと思い至《いた》る。

ああ、そうか……姫子さんは不安なんだ。

温かい日々が終わり、明日が来るのが。

二度と訪れないかもしれない日々の締めくくりに不義理が発覚して、それが思い出に刻《きざ》まれたら愛を疑われてしまうって。

「姫子さん」

馬鹿《ばか》なことを、と思う。

けれどこの不安は彼女のもので、彼女にしかわからないものだ。

だったら僕は……

「大丈夫ですよ」

何の根拠もなく、ただそうあれと抱きしめるだけだ。

「うん……ごめんな。うち、めんどくさ……」

ぐい、と頭を引き寄せて無理矢理に唇《くちびる》を奪う。不安が口の端から漏《も》れるなら、塞《ふさ》いでしまおう……そんな心持ち。

「んっ……」

彼女の舌先《したさき》が侵入した僕のそれにおっかなびっくり絡《から》むと、甘い彼女の香りと夕食の味が口腔《こう》に広がってなんだかたまらなく愛《いと》しくて……

「っ、痛い。痛いよ、幸大くん」

力が入ってしまったらしい、悲鳴が聞こえて慌てて腕を解く。気にしていないつもりなのに、どうやら僕も相当『最後』に怯《おび》えているようだ。

「すいません」

大丈夫ですか？　と覗《のぞ》き込むと少し赤くなった目がこちらを向いてクスクスと笑い出す。

「あかんねぇ、辛気臭《しんきくさ》くならんようにって思ってたのに……全然や。カッコわるいったらあら肩をすくめておどけてみせる姫子さんは、まだ弱々しさは感じるものの不安に呑《の》まれてはいないようだ。

「それについては僕もうまくできているかどうかなので」

そう？　と姫子さんは小首を傾げたが、すぐにクックッ、と笑い出す。

「あー、あかん。なんか景気のええことって考えたらな……前にもこんな話したなって思い出してしもた」

言われてすぐにピンと来たのは、心が読めるわけじゃなくてあれからそれほど時が過ぎていないからだろう。

姫子さんの元恋人氏（本気で名前を忘れたんだ許して欲しい）に空《あ》き巣されて、その現場で『景気づけ』にセックスした思い出はそうそう忘れられるものではないけど。

「他に楽しくなる方法を思いつけないのは忸怩《じくじ》たるものがあります」

「あはは。でも、ええやんか。どうせな？　今夜は幸大くんとらぶらぶしたかったんやし。キミは違うん？」

言われなくてもそのつもりだったわけだけれど……そう問われると、なんだか言わされているみたいで居心地が悪い。だから、

「姫子さん、セックスしましょうか」

彼女が真っ赤になる言い方で、ほんの少しの意趣返《いしゅがえ》しをしてやるのだった。

姫子さんの生まれたままの姿は、何度見てもたまらないものがある。

手のひらで覆《おお》えてしまう胸が『これから先』を想像して震える様《さま》、カールした淡い飾り毛の下で割れ目が恥ずかしげにしている様……それだけでも十分なのに、身体《からだ》を隠したくてしょうがないのに両手を押さえつけられ目を泳がせる以外できなくて顔を真っ赤な顔にしているのだ、欲情するなという方が無理な話。

「ベッドの上に来ると、君は意地悪や」

「子供の頃に気になる子に意地悪をしなかったのが今になって出てきているんでしょうね」

あほ、というありがたい称号を与えられながら両手を胸に這《は》わせると、組み敷いた小さな身体がピクリと跳《は》ねる。手のひらや指先が熱い柔らかな感触の中に尖《とが》りを感じはじめると、甘みを帯びた小さな吐息《といき》が彼女の口の端から零《こぼ》れ落ちる。

「さて、どうしてほしいですか?」

性交渉にどうしてほしいも何もないのだけれど、つい意地悪な言葉が口をつく。ふにふにと膨《ふく》らみを弄《もてあそ》び指先でその頂《いただき》を撫《な》でまわすと、恥ずかしさに横を向いていた赤い顔が憎《にく》らしげにこちらを向く。

「冗談ですよ」

そう言いながら唇《くちびる》を重ねると、今度は直接口の中にあほ、が飛び込んでくる。

本当に可愛《かわい》い、幸せです。

そんな気持ちで舌を差し込むと、鼻を鳴らして彼女のそれが絡みついてくる。同時に姫子さんの胸を弄ぶと、抗議するような、けれどやめろというわけでもない乙女《おとめ》チックなニュアンスの舌先が口腔を暴れまわる。

「ほんま、好きやねぇ」

照れ隠しの呆《あき》れ顔が愛しくて、余計なことは言わないようにした。

小さいから感度がいいのか、それとも元々そうなのかは知らないけれど、噛み締めていなければすぐに蕩《とろ》けそうになるくらいに快感を与えられる器官であることを僕は知っている。だったら、たっぷり味わってもらいたいじゃないか。

「んっ……くぅ……っ」

零れ落ちる甘い声。

小さな両手が僕の頭を引き寄せてちゅっ、と口づけたその先で姫子さんの瞳《ひとみ》は次を求めて潤《うる》んでいた。

経験則というか、なんというか……触れずともわかる。もう、準備は整っているのだろう。

「今日は随分《ずいぶん》優しいやんか」

さっき意地悪だと言ったばかりなのに、そんな抗議を入れてくるのだから可笑《おか》しい。

「どっちがいいんですか？」

胸に、頬《ほお》に、額《ひたい》に、啄《ついば》むようにキスを加えながら問いかけると、彼女はんー、と少し思案した果てに、

「どっちも。好きな人のすることやからねぇ」

と苦笑する。

ああ、危ない。これは危ない。反則ですよ、姫子さん。

「そう言われて嬉《うれ》しくなってしまうんだから、僕は随分『あほ』みたいです」

「ふふっ、今更《いまさら》気づいた……んっ」

再びの口づけ。

ただただ無心に愛しさのままに口腔を貪《むさぼ》り、はやる気持ちのままに秘所に挿入《そうにゅう》すると、ぴくん、と身体を跳ねさせて濡《ぬ》れたそこで彼女は受け入れて……くすくすと笑う。

予想外の反応に少し戸惑《とまど》う。

こういうときは苦しそうに呻《うめ》くとか、喘《あえ》ぎを漏らすとかはあっても、笑うなんて想定外だ。

「もうすっかりトラウマは克服してんなぁって」

そんな僕が可笑しかったのだろう、ますます可笑しそうに笑う。

「トラウマ?」

「最近は『大丈夫かな、入らへんのちゃうかな』って顔せんくなったやろ?」

そもそも自覚のない話だったけれど、そういう顔にならなくなったのならそれはきっと姫子さんのお陰《かげ》だ。言われるまであの三行半《みくだりはん》のことなんてすっかり忘れていたのだから。

「それがな、ちょっと嬉しいねん」

本当に可愛い人だ。そして、優しい人だ。自分のことじゃなくて僕のことで喜ぶなんて。

「姫子さん……」

上手《うま》く言葉にできなくて、唇を三度重ねながら動く。もっと勉強すればよかった。そしたらこんな時、もっと気の利《き》いたことが言えたかもしれないのに。

けれどそんな後悔はすぐに霧散《むさん》する。根元まで押し込んだそれに姫子さんが絡みついて……なんだかそれだけで全《すべ》て伝わってしまうような気さえしてしまったから。

「んっ……ひぁっ……」

一突きするたびにとろとろに瞳が溶けていく。それを見られるのは恥ずかしいはずなのにそれでも隠さないのはきっと僕の顔が見えなくなるからだ、って自惚《うぬぼ》れが過ぎるだろうか？　けれど一時《いっとき》たりとも愛しい人の顔を見逃したくないって気持ちは一緒だと思う。

「んあっ……ふぁぁぁっ！」

喉奥《のどおく》から甘い声が漏れて、でも決して放すまいと僕の背中に爪《つめ》を立てる。痛みなんて気にならない、これだって愛し合うプロセスの一つなんだから。

「姫子さん、好きです」

「うんっ、うちも、うちもっ……あぁぁぁ……」

もう言葉にならなくて、けれど気持ちは一つで、あとはもう交わるままに溶け合うままに昂《たか》ぶるばかり。

ずっとこうだったらいいのに。

ずっと終わらなければいいのに。

ずっと明日なんて来なければいいのに。

明日がどんなものであれ、姫子さんとのセックスはいつもこんな気持ちにさせられる。

けれど、どうしても終わりというものは来てしまうのだ。

二度、三度、どちらが言うでもなく交わって、どうしようもない倦怠《けんたい》感に包まれながらベッドの上で抱きしめあう頃には日付が変わっていた。

明日は朝一で病院に行かなくちゃいけないんだけれど、だからといって理性的でいられるはずがない。

「なぁ、幸大くん」

僕の腕を枕にした彼女がぽつりと呟《つぶや》く。

「うちな？　幸大くんのこと、好きやで。めっちゃ好き。大好きや。愛してる……英語で言ったらアイラブユーや」

言葉の愉快《ゆかい》さに反して真剣な表情。この先姫子さんがどんなことを言うのかなんとなく予感しながら、

「そんなの僕だってそうです。姫子さんのことが好きで、好きで、大好きで……どうしようもないんですから」

どうしようもなく愛を叫ぶ。

「嬉しいわぁ、両想いや……そんでな？　うちはキミのことが誰よりも大事や。だから、うちにもしものことがあったらな……その、な……うちのこと……」

ほら、きた。

「忘れませんよ。ずっとずっと愛し続けますから」

あまりにありきたりの、あまりに姫子さんらしい言葉が飛び出す前に、僕はやはりありきたりの言葉でそれを遮《さえぎ》る。

全く、そろそろ諦《あきら》めてほしい。

僕はもう姫子さん以外にありえない、昭和《しょうわ》風に表現するなら『首っ丈《たけ》』ってやつなんだから。

「幸大くんならそういうと思ったわ。でも、うちはやっぱりキミには幸せになってほしいんよ」

そんな弱気でどうするんですか、とは間違っても言えない。彼女はいろんな恐怖や不安を飲み込んで、勇気を振り絞《しぼ》って僕の幸せを願っているのだから。

でも、そんな勇気は自分のためにとっておいてほしい。

「じゃあ少しばかり想像してみましょう。姫子さんがいなくなって、落ち込む僕を支えようとしてくれる特異な女性が現れたとします」

例《たと》え話の導入で、すでにちょっと泣きそうな顔をしているのも、姫子さんらしいといえばらしいのかもしれない。僕と別れようとした時もそうだけれど、かくあるべしと理性で決めたことに全然感情が間に合わないんだ。

「僕は姫子さんが一番だからときっと突き放しますが、彼女はそれにもめげず僕を元気づけようと一生懸命に支え、『二番目でもいいから』なんて殺し文句を言ってくるのです。流石《さすが》の男やもめも彼女の愛に気づいてしまい、新たな愛に生きることを決意します。そして、新しい女を連れて姫子さんのお墓の前でこう言うんです『貴女《あなた》のことは忘れません。愛しています。でも、どうか新しい愛に進むことを応援してください』ってね。さぁ、どうです？」

　意地悪な想像だけれど、僕だってこんなこと考えたくもないんだからおあいこだ。

「死人に口なしをいいことに『きっと姫子さんなら笑って応援してくれる』なんて嘯《うそぶ》いて、子供を作って、幸せな家庭を築いて、そういう姫子さんと進むはずだった未来を別の女と歩むんですよ。どう思います？」

　答えなんて聞かなくたってわかっていた。僕に抱きつく腕が苦しくて仕方なかったし、何より泣きだしそうな目が、噛み締めた唇が、全力で『嫌や』って訴えていたから。

「……ほんま、キミは酷《ひど》い子やね」

　酷いのはどっちだろう。この期《ご》に及んでまだ僕のことを気遣《きづか》うなんてどうかしていますよ。

「ええ、でも死ぬほうが悪いんです」

「っ……！」

　そう、その気概《きがい》です。『うちだって死にたくて死にそうになってるんやない』って顔ですよ。

「だから生きてください。僕の幸せを願うなら生きてください……僕のために、貴女のために」

　あと一押し。姫子さんはとっても臆病《おくびょう》な人だから。そのくせ、頑固《がんこ》で、強情だから。

「僕は姫子さんのものです。一切合切《いっさいがっさい》、姫子さんのものです。けれど、僕の幸せは僕が……僕だけが決めることができるものなんです。だから、ねぇ……姫子さん。貴女の幸せも我儘《わがまま》でいいんですよ？」

ああ、やっと決壊した。ぽろぽろと、最低最悪の強がりが目元から零れてやっと本音の彼女が顔を出す。

一カ月。

たった一カ月。

されど、一カ月。

貴女が僕の前で弱みを見せたのは、この一カ月を決めた夜の一度きりだ。でも、もっと泣いていたんでしょう？　僕のいないところで。そんな素振りを見せなかったけれど、貴女のことだ……間違いない。

それを問いたださなかったのは僕の弱さ。

そんなことをしたのは貴女の弱さ。

だから僕らはこんな土壇場《どたんば》で、素《す》っ裸《ぱだか》になって、醜態《しゅうたい》を晒《さら》しているんだ。

「嫌や……」

小さな拳《こぶし》が僕の胸を打つ。

「嫌や……死にたくない、ずっと一緒にいたい……ずっとずっと、一緒にいたい！」

泣きじゃくって、絞り出すような声で、彼女は刻む。僕の胸に、深く、深く。

「忘れんといて……うちだけの幸大くんでいて……嫌や、誰かにとられるのなんか、嫌や……いや……」

この叫びを僕は忘れない。何があろうと、生涯《しょうがい》忘れない。

「やっぱり僕らは両想いですね。ええ、仰《おお》せのままに……僕は一生、貴女だけですから」

強く強く、抱きしめる。

願うことしかできないけど、祈ることしかできないけど、それが叶《かな》うように。

貴女にそう言ってもらえることが、何よりも幸せです、って。

翌日。

姫子さんの手術は、太陽が沈んで街明かりが煌々《こうこう》と輝き出す頃まで続いた。

その先にあったのは手術が滞《とどこお》りなく終わったという待ち望んだ事実。

姫子さんは約束通り、生きて帰ってきたのだ。

僕は涙を零して喜んだけれど、すぐに後悔することになる。

手術が終わり、翌朝になっても一日過ぎても、姫子さんが意識を取り戻すことはなかったのだから。

ああ、失敗したなぁ……

『生きて、ちゃんとただいまを言ってください』って約束するべきだったんだ、僕は。

だってこれじゃあ、約束が違うじゃないですか、って怒るに怒れないじゃないか。

11　姫子さんと半年間。

不幸中の幸いと言えば、僕の両親も姫子《ひめこ》さんの両親も、僕が思っていた以上に優しい人たちだと知れたことだろう。

意識が戻らない妻を毎日見舞いたい気持ちは理解できる。けれど、出世を諦《あきら》めたり仕事を変えるのは得策《とくさく》ではない。自分のため、家庭のため、今の生活を変えてはいけない。だから存分《ぞんぶん》に頼れ。

彼らは口々にそう言ってくれた。

ああ、結婚とは当人だけではなく家族と家族が一つになることなんだ、と思い知らされて涙が出た。

僕の我儘《わがまま》とそれぞれの事情を勘案《かんあん》して見舞いは当番制にして、お陰《かげ》様で僕はなんとか日々を過ごしている。

一度姫子さんのお母様に『諦めても決して恨《うら》みはしないからね』と囁《ささや》かれた時は、あまりに姫子さんの母親だなと可笑《おか》しくて『僕に何かがあったらその時はよろしくお願いします』と固《こ》辞《じ》させていただいたっけ。

そんな彼らの好意に支えられて数カ月。季節は夏。7月7日、晴れ。僕は……こうして会社の喫煙ルームでショートホープを燻《くゆ》らせている。

「やっぱりここにいたか」

炊飯器を開けたらご飯が入っているのと同じような顔で、神原《かんばら》が声をかけてくる。

僕が煙草《たばこ》を吸い始めた時は大層苦い顔をしていたが、そこは喫煙者だ。今や同じ仲間だと認めてくれている。

「面倒《めんどう》な案件がやっと片付いたんだ。二、三本ぐらいの休憩《きゅうけい》は許されると思うんだけれど」

「別にそんなんじゃねぇよ。ただ、ちと思い出してな」

セブンスターに火をつけながら彼はこちらに目も合わせずにそう呟《つぶや》く。

「何のことだい？　もしかして仕様《しよう》変更があったのを忘れてたとか？」

神原と共同で受け持っている顧客もいる。そんなことがあったら客にもエンジニアにも土下《どげ》座《ざ》じゃ済まない。

「仕事の話じゃねぇよ。あれだ、お前の嫁さん……まだ紹介してもらってねぇ」

ポロリ、と咥《くわ》え煙草から灰が落ちる。

「あ」

うまくいったら紹介してくれよ——そういえば、そんなことを言われてたんだっけ。

「僕も君のとこの恐妻を紹介されてないけど？」

「だったらお互いに嫁さん連れてくれれば済むだろ……ったく。とにかく、予定はいくらでも空《あ》けるからさ、絶対席を設けろよな」

ああ、不味《まず》い。

煙草って、どれだけ吸っても不味いなぁ。

「僕ってそんなに落ち込んでるように見える？」

神原に慰《なぐさ》められる時は、だいたいそんな時だ。

「何だそれ？　単純に忘れてたんだよ。どうよ？　今晩、久しぶりに飲みでも。たまには息抜きしようや」

神原はこういう奴《やつ》だ。一定の距離を保ち続けるくせに必要だと感じたら全力で気遣《きづか》いをする男だ。

つまり、僕は参っているらしい。

「今日は残念ながら駄目だ。姫子さんの……僕の妻のね、誕生日なんだよ」

憎《にく》まれ口の一つでも叩《たた》けたらよかったのだが何一つ出てこないのだから、確定だ。弱ってる。

だからその代わりに誠意として、理由を口にする。

つまらない話だ。

せめて一つ年を取る前に目覚めてくれたらいいな、そんなどうしようもない希望的観測が叶《かな》わなかっただけ。

本当につまらない理由。

けれど、存外《ぞんがい》に……くる。

「……そっか、それは大事だ」

「だろう？　神原も奥さんは大事にしろよ」

そう返すと、神原はポン、と僕の肩を強めに叩いて去っていく。

ああ、煙が目に染《し》みる。

最近どうにも弱いんだよ、目の粘膜《ねんまく》が。

『だったらやめたらええやん、身体《からだ》に悪いし、臭いし、ええことないやろ』――姫子さんなら
きっと腰に手を当ててそう言うだろう。

でもね、姫子さん……直接叱《しか》られないと、やめられそうにないです。

だから、肺がんになる前に止めてくれると嬉《うれ》しいです。

「……よし」

何も良くはないのだけれどせめて言葉だけでも良しとして、煙草をもみ消す。

煙草休憩が長いと非喫煙者の上司の目が痛いんだ。

現実とは淡白《たんぱく》で、どんなに喜ぼうがどんなに悲しもうが、為《な》すべきことを為せと迫ってくる。

まぁ、そのお陰で立っていられるんだけどね。

「さて、働きますかね」

これが僕の日常。

なんとか二本の足で立って、たまに姫子さんの声が聞きたくなって、また力を振り絞《しぼ》って
……

覚悟していたよりもキツくて、想像していたよりも足取りは確かに……今日も姫子さんを待っている。

「大木《おおき》」

定時退社する僕を玄関口で呼び止める声の主は、よりにもよって貴女《あなた》ですかって感じだった。

「何ですか、飯島《いいじま》さん」

飯島杏子《きょうこ》――コーヒーをぶっかけられて以来、一度も顔を合わせることのなかった元恋人が、相も変わらず無表情で――いや、これは少し緊張しているのかな？　珍《めずら》しい（今でも読み取れてしまうのがものすごく嫌だ）――こちらを見ていた。

「どうだ？　食事でも」

「嫌です」

即答したのは動揺したからだ。

怒りは長く持続しないし、そもそも僕にも反省すべきことがあった関係だ。どっちかといえば気持ちはマイナスだけれど邪険《じやけん》にすることもない。

でも、だからこそ驚いたんだ。

何でまたこの人はいきなり食事に誘うんだ？　流石《さすが》に何を考えているか読めない。

「それでも、だ」

断ってなおお食いついてこられるともはや不気味だ。

その理由は気になるところだけれど、だからといって一緒に食事をするいわれはない。それに……

「……今日は妻の見舞いに行くんです。それに、彼女の誕生日なので。それじゃ」

そう言って踵《きびす》を返す僕の手が、グッ、と引かれる。

こんなに強引な人だったっけ？

「業務命令だ。それほど時間はとらせない」

「それ、職権濫用《らんよう》とかパワハラってやつですよ」

「それでも、だよ」

お願いだから表情を変えずに困った顔をするのはやめて欲しい。

何としてでも話をしたいのに、他の手段が思いつかなくて八方塞《はっぽうふさ》がりだ——そんな感情を読み取れてしまうのが、なんていうかキツいんですよ。

「……面会時間がなくなっちゃうんで19時には出ますよ？　それでいいなら」

渋々承諾《しょうだく》して、言われるがままに飯島杏子に連れてこられた先は偶然にも職場と病院の丁度《ちょうど》中間地点にある洋食屋。質実剛健《しつじつごうけん》というか……商売っ気がないのに間違いなく旨《うま》そうな、彼女そのものみたいな店だった。

こういう所を知っているなら、付き合っていた時に教えて欲しかったものだ。いつだって『キミが好きな店なら大体間違いないだろう』って丸投げだったじゃないか。

「ハンバーグドリアと、ビール……ジョッキで」

ここでまた驚く。

飯島杏子と外食したことは数あれど、酒を飲むところをほぼ見たことがなかった。

「てっきり酒は嫌いだと」

そう言うと彼女は、口元だけで笑みを浮かべて、

「大好きさ」

そう言って、一気にジョッキを呷《あお》る。酒気帯びで見舞いに行くのは憚《はばか》られるとウーロン茶を頼んだことを後悔しそうになるくらいの飲みっぷりで。

「はぁ……よし」

飯島杏子にとってどう一気飲みがスイッチになっているのかは知らないが、意を決したように鞄《かばん》の中から茶封筒を取り出しこちらに滑らせてくる。

「何ですか、これ」

中身は三万円。もちろん新札できっちりと揃《そろ》えられている。

「クリーニング代だ」

まさかコーヒーをぶちまけられた時の？

「いりませんよ、そんなの」

あれは流石に僕の発言が悪かったと自覚している。やり口はドラマチックが過ぎたかもしれないが、彼女の行動を非難する権利などない。

「それならドブにでも捨ててくれ。私なりのけじめだ」

タイミング良くなのか、悪くなのか。彼女のドリアと僕のオムライスが運ばれてきて、突き返すタイミングを逸《いっ》してしまった。

参ったな、だったらここの払いをこれで済ませ……させないだろうなぁ、この人。

そんなことを考えながら、黙々と互いに食事を済ませる。

思った通り、この店は美味《おい》しい。オムライスにかかったデミグラスソースはかなり好みの部類だ。この妙な緊張感さえなければ手放しで褒《ほ》め称《たた》えられるんだけれど。

皿が空《から》になって、飯島杏子のジョッキが二杯空《あ》いて、僕は手持ち無沙汰《ぶさた》になって煙草に火をつける。

断りは入れないのか？　だって？

無理矢理こんな状況にされた意趣返《いしゅがえ》しだよ。

「私も吸わせてもらうぞ」

これは予想外。嫌がらせのつもりだったのに、喫煙者のカミングアウトときたものだ。

スリムタイプのメンソール。煙草までクールらしい。

「吸ってませんでしたよね？」

「別れてからだよ」

その言葉にトゲはなかったが、思わず言葉を失う。

困った、むしろ逆転してこっちがやりこめられている。こんな時どんな言葉を？

「ああ……すまない。そういうつもりじゃないんだ」

自虐的《じぎやく》に笑う飯島杏子を見るのは初めてかもしれない。けれど、やっぱり言葉に詰まる。

「はぁ、どうにもうまくいかない。もう単刀直入《たんとうちよくにゆう》に言うことにする。なぁ、大木……信じられないかもしれないが私も悪かったと思っているんだよ」

「はい？」

想像だにしていなかった言葉。彼女があのメールに後悔を？　青天の霹靂《へきれき》というやつだ。

「告白したのは私だ。惚《ほ》れたのは私だ。キミがＯＫした理由を考えた時、鉄の女の私にキミは惚れたと考えた。本当の私はそうではないが、だったらずっとそうしようと演じてきた。結果は見ての通りだ。キミは私の取り扱いに苦慮し、私はストレスを積み重ねた」

「ストレス、ですか」

「そういうとこだぞ、キミ。私だって恋人と嬉し恥《は》ずかしイチャイチャライフというものを送りたかったんだ」

真顔《まがお》で言わないでほしい。

いや、貴女はそういうキャラじゃないでしょう……って、それが全《すべ》ての元凶だと言われたらもう己《おのれ》の不覚を恥じればいいのやら、彼女の演技力を讃《たた》えればいいのやら。

「で、その果てがあのメールだ。酒を飲んで、やけくそになって書いて、勢いのままに送って、翌朝読み返して頭を抱えた。挙句《あげく》の果てに『好きだったんですか？』だ。大失敗だ」

メンソールの香りが鼻腔《びこう》をくすぐる。

　結局のところ、僕は飯島杏子をきちんと見ていなかったのだ。もちろん彼女が見せようとしなかったのも問題なのだけれど、それでも僕は姫子さんの隠し事を暴《あば》くようには、姫子さんの決意を覆《くつがえ》らせるほどには、深く切り込むことができなかった……いや、しなかったのだ。

「何もヨリを戻そうとか、罪悪感を覚えさせようというわけじゃない。ただ、なんというか誤解されたままというのも、嫌だっていう私の我儘だ」

「どうして？」

「……そりゃあ、好きだった、からさ」

　これだから年上女は地雷だ。

　無駄なところで遠慮して、人の知らないところで苦悩して、にっちもさっちもいかなくなってから本音を口にするんだから。

　それくらい僕が頼りないんだって、思い知らされるから。

「そうでしたか……と僕にはそれしか言えないのですが、でも一つだけ言えることがあります」

　だったら僕はせめて最後には正解にたどり着こう。せめて、正しくあろう。

「貴女の好意を疑ったことは、あまりに酷《ひど》い物言いでした。すいませんでした」

　これだけはきちんと謝らなければいけない。

　コーヒーで済んだのが御《おん》の字なくらい、僕の大間違いなんだから。

「それも、結局のところお互い様なんだよ。大木」

　煙を吐きながら首を振る彼女は、幾分《いくぶん》かほっとしているように見えた。

「それにしてもまさかキミがヤナヒメと結婚するとは思っていなかったぞ」

は？

「小柳《おやなぎ》姫子、略してヤナヒメ。あいつは大学の同期だ」

付き合っていたというのに、驚くほど僕は彼女のプロフィールを知らなかったんだなと反省する。そうか、姫子さんと同じ都の西北出身だったのか。そういえば、二人とも僕の二つ年上だもんなぁ。

「あいつも私も大酒飲みだったからな、やたらとウマがあった。まぁ……馬鹿《ばか》みたいな男にひっかかっておかしくなってからは疎遠《そえん》になってしまったけど」

ああ、そうか。元恋人氏のことで友達が離れていったって言ってたもんなぁ……。いやはや、それにしても、

「世間《せけん》は狭いですね」

「ああ、実に狭い」

「ていうか、誰に僕の配偶者の名前を聞いたんですか？」

個人情報にやかましいこのご時勢だ。いくら役職つきとはいえ、彼女だって社員情報なんておいそれと閲覧《えつらん》できないだろうに。

「ああ、神原からな」

神原……別に謝罪を求めはしないが、お前、そういうとこだぞ？

「あいつ、私を前にするとやたらと落ち着きを失うんだがどうしてだろうな？」

「『鉄の女』って呼ばれてるのわかっててそれを言います？」

「冗談だ」

くっくっ、と笑う彼女は新鮮だった。こんな笑い方をする人ではなかったんだよ、本当に。なるほど確かに彼女は僕の前で『鉄の女』を演じていたのだろう。今の方が全然いい。

きっとこんな風に笑えていたら僕らは今とは違う関係だっただろう。

そしてきっと彼女もそう思っているだろう。（少し自惚《うぬぼ》れが過ぎるだろうか）

けど、そうはならなかった。

僕は彼女をきちんと見ていなかったし、彼女は僕に何も見せようとしなかった。だから今こうなっているんだ。

「実を言うとな、大木。今日声をかけたのにはもう一つ理由がある」

確かに、姫子さんのことを最初から知っていたなら、わざわざ彼女の誕生日に呼び止めるだなんてことは嫌がらせ以外の何物でもない。それを押してとなると、それなりの理由があるだろう。

「今日はヤナヒメの誕生日だろう？　だったらキミは間違いなく見舞いに行く。だから今日なんだ」

「というと？」

「ヤナヒメと仲直りがしたいんだよ、私は」

曰《いわ》く、姫子さんを最後まで気にかけていた友人こそ飯島杏子で、元恋人氏のことで口論になった結果、姫子さんとの連絡が一切取れなくなったのだそうだ。

「電話もメールも通じない、部屋は引っ越し済み。正直お手上げだった。薄情者め勝手にしろと怒りもしたが、やっぱり……な。それに私は友達が少ないんだ。寂《さび》しいじゃないか」

「笑いにくいし、ツッコミにくい自虐はやめてください」

「今のはちょっとヤナヒメっぽかったぞ。よくあいつに言われたよ。夫婦が似るっていうのは本当なんだな」

酔っているのか、それとも彼女の素《す》なのか、顔を崩《くず》して笑う飯島杏子は今までのどの笑みより真《ま》っ直《す》ぐだった。

仕事でもそれくらい柔らかかったらもっと簡単に僕なんかよりいい男捕まえられただろうに、不器用な人だ。


姫子さんの眠る病室に家族以外の人間が訪れるのは初めてだと思う。

手術の時に剃《そ》り落した髪も今は肩の長さくらいにまで戻っていて、いくつかのチューブが身体に繋《つな》がっている以外は、朝になったら目覚めるんじゃないかってくらいに穏《おだ》やかに眠り続けている。

「ハッピーバースデイ、ヤナヒメ。久しぶりだな」

喧嘩《けんか》別れしてから初めての再会が病床、というのはどんな感覚なのだろうか。飯島杏子の横顔からそれを類推《るいすい》することはできなかったけれど。

「ずっと、というと嘘《うそ》になるが……心配していたんだぞ？　それがなんだこれは、全く。あの時は悪かった、私も言い過ぎだったと反省している。また飲みに行こう……そして、仲直りしよう」

返事のない姫子さんにぽつりぽつりと声をかける彼女の声は、僕と話す時よりも優しいものだった。

二人の関係を僕は知らない。

けれど、なんとなく……それがかけがえのないものだったことは窺《うかが》えた。

きっと姫子さんのことだ、元恋人氏のことで拗《ねじ》れて、喧嘩別れして、申し訳なさで連絡なんて入れられなかったんだろう。

「ヤナヒメの配偶者が、私の元恋人ってのも笑える話じゃないか。それだけで朝まで飲めるなぁ？　大木」

「絶対に僕は参加しませんからね？」

どれだけばつが悪いか想像しただけでも頭が痛い。きっと姫子さんは僕が酔った勢いで愚痴《ぐち》ったことを全部暴露《ばくろ》するし、飯島杏子は思いもよらない角度で僕の行動を肴《さかな》にして杯を呷《あお》るんだ。

「つまらん奴め」

くっくっ、と笑って彼女は姫子さんに視線を戻し、

「いつまでも寝てるんじゃないよ。私が言うと微妙な感じがするだろうけど、いい奴だよ、こ

いつは。知っているだろう？　だったら、さっさと起きてやれ」

それは飯島杏子なりの僕へのエールなのだろうか、ウェーブがかった姫子さんの髪を梳《くしけず》りながら彼女はそう言って笑う。

「さもないと、寝取るぞ」

「寝取られません」

いきなり何を言っているんだこの人は。酔っぱらってるんじゃないかこの人は。

「冗談だ。笑えなさ過ぎてヤナヒメが飛び起きるかと思ったが……駄目みたいだな」

肩をすくめてみせる飯島杏子は、なんていうか、僕の知る彼女ではなかった。

こっちが本物なんだろう。

「さて、そろそろ帰るよ。夫婦水入らずを邪魔するのは最低限にしないとな」

送ります、というこちらの義務感は、結構だ、の一言で見透かされて、最低限の礼儀として病院の外まで見送る形に落ち着いた。

「それじゃあな。ヤナヒメが起きたらちゃんと教えてくれよ？」

「それはもう、もちろんです」

「……よし」

そう言って、飯島杏子はスッ、と手を差し出してきて、僕は少し驚きながらもそれを握り返す。

これで、終わりだ。

僕たちは『元恋人』ではなく、『友達の夫』と『妻の友達』になったんだ。

「最後に一つだけいいですか?」

「?」

「あの、その……煙草。お互い、やめられるといいですね」

何も見ていなかった僕に、何も嚙《か》み合っていなかった僕らに、許されるエールとしてはこれが関の山だろう。

けれど不思議なものだ。本当に願っているんだよ、飯島杏子の幸福を。

「ああ、お前なんかよりいい男を見つけて、ドーナツより甘い生活を送ってやるさ」

そう笑って、飯島杏子は去っていった。

それは甘そうだ。でも、そうなるといいですね、本当に。


「遅くなりましたが誕生日おめでとうございます、姫子さん」

病室に戻り祝辞を述べた僕は、姫子さんの枕元にケーキのぬいぐるみを置く。

花は病室ではNGだし、ケーキはその後の処理を考えると泣けてくる。アクセサリーだって身に着けられなくちゃ意味がない……そんな思案の結果がこれだ。

「びっくりしましたよ、まさか姫子さんと飯島さんが友達だったなんて。元気になったら連絡しろって言われました。きちんと仲直りしてくださいよ?」

眠り姫は変わらず無言で、静かに穏やかに僕の言葉を聞くだけだ。

何度も何度も繰り返してきた『夫婦の団欒《だんらん》』。

「それと……うちの同僚に神原って奴がいましてね、会わせろってうるさいんですよ。そいつには姫子さんとお付き合いに至《いた》るまでいろいろと世話になってまして邪険にもできないわけで、今度向こうの奥方さんと一緒に会食する約束しちゃったんですよね。だから、元気になったら一席設けましょう。ふふっ、今日はなんだか約束ばかりですね」

もちろん返事などない。

それも『いつも通り』だ。

そんなことはわかっている。

こんな感傷にはそれなりに折り合いをつけたつもりだった。

けれど、やっぱり……今日は駄目だ。

姫子さんの笑顔が見たい、声が聞きたい、言葉を交わしたい……次々に望みが溢《あふ》れかえって、目の端から涙がポロポロと零《こぼ》れ落ちる。

情けない。

情けないですよね、姫子さん。

こんな時貴女ならどんな風にコメントするんでしょうね？

想像はいくらでもできます。でも、答えがわかりません。

「ねえ、姫子さん。答えてくださいよ……起きて、くださいよ……」

嗚咽《おえつ》が漏《も》れそうになるが、それは辛《かろ》うじて堪《こら》えた。

けれどその分涙は溢れかえって、もうどうしようもなかった。

7月7日、晴れ。
空ではベガとアルタイルが会うってのに僕らは出会えなくて……
あいたくて、あいたくて。
星に願っても叶《かな》わなくて。
あいたくて。

あいたくて。
あえなくて……
それでも僕は、生きている。

12 姫子さんと幸大くん。

昭和《しょうわ》の名曲のタイトルにもなった神田川《かんだがわ》はその知名度に反して何の変哲《へんてつ》もない小さな川だ。けど、春になれば両岸が見事な桜並木となるその様《さま》を見て、僕は高田馬場《たかだのばば》に部屋を借りたんだっけ。今年もそろそろ花が咲き始めるだろう。

そんなとりとめのないことを考えながら川沿いを歩いていると、

「ったく！　やってられんわ！」

独特のイントネーションに目を向けると、子供かってくらいちんちくりんの女が一人、欄干《らんかん》にもたれかかっていた。

東京は地方の人もたくさん住んでいるのだから、別に関西弁だって珍《めずら》しいわけじゃない。でも、やはり目立つものだ。

とはいえ、昼間から空に叫んでいる人間にまともな人なんていない。近寄らないでおこうと思った矢先、

「んー？　あんたも景気の悪そうな顔してんなぁ。なんや？　フラれたんか？」

残念、絡《から》まれてしまった。

禁煙を決めて、最後の一本の吸い場所を探していたところだったんだけれど、まぁこういうのもいいだろう。苦笑しながら隣にもたれて煙草《たばこ》に火をつける。

「あれ？　当たりかいな。それはかなんことしたなぁ」

丁度《ちょうど》ラスト一本。空《あ》き箱を握りつぶして肺一杯に紫煙《しえん》を吸い込むと、ああやっぱり煙草は不味《まず》いなと苦笑してしまう。

「別にフラれたわけじゃないんですけどね。ただ、妻が全然起きてきてくれないんですよ。1年ぐらい」

ふぅ、と吐き出した紫煙が風に消える。『ちょっとした希望《ショートホープ》』なんて名前に験《げん》を担《かつ》いで選んでいたのだけれど、なるほど確かに僕はそれにすがってここまでやってこれたのだから感謝しないといけない。

「ふぅん、それは随分《ずいぶん》とお寝坊さんな奥さんやねぇ。そりゃあ寂《さび》しいわ」

ええ、そうなんですよ。なんて苦笑して、

「それで、貴女《あなた》はどんな悩みを？」

「寝て起きたらな、1歳年取ってたんよ。アラサーの1歳はデカいで？　もう、ほんまかなわんで」

「それは確かに辛《つら》い」

女性なら尚更《なおさら》だろう。そう答えながら携帯灰皿に吸い殻《がら》をしまうと、手元に残るのはサロメのライター——喫煙者にクラスチェンジした僕に神原《かんばら》が『安物だけれど』とくれたものだ。ガス充塡式《じゅうてん》のそれは100円ライターよりは経済的だったと思う。

「……今までありがとう」

貰《もら》い物をそうするのは少しばかり心が引けるがこれはまぁ景気づけだ。大きく振りかぶって、川に向かって投擲《とうてき》すると、大した飛距離も出ずにぽちゃんと川面《かわも》に沈んでいく。

そういえば僕、ほとんど野球とかしたことなかったね。

さらば喫煙者の日々。なんだかんだ支えてくれて助かったよ。

「川にゴミをほるな」

横から足をげし、と蹴《け》られて涙が出そうになるのを必死に堪《こら》える。

マゾヒストに目覚めた……ってわけじゃない。ただ、どうにも慣れないんだ。

これが当たり前なのに、これこそが日常なのに……嬉《うれ》しくて、嬉しくて。

「…………」

クリスマスも年越しも去年と同じく『一人』で過ごし、正月ボケって言葉が聞こえなくなった頃合いだった。

出勤途中にコンビニでパンを買って、デスクで食べて、やたらと注文が多いくせに金払いの悪いクライアントのために資料を纏《まと》める——そんな『いつも通り』の一日。

けれど、悲報も吉報も突然にやってくるものだ。

喫煙所で神原と他愛《たあい》のない会話をしている最中に携帯が鳴って、僕は何もかもを放り出して病院に向かった。

その時の気持ちをどう表現すればよいのか、一カ月過ぎた今でもうまく言葉にできない。

「痛いじゃないですか……」

腰に手を当ててこちらを見上げる……

「姫子《ひめこ》さん」

そう、姫子さん。

正真正銘《しょうしんしょうめい》、幽霊でも妄想《もうそう》でもない、姫子さんだ。足だってある、なんせ蹴りを入れられてるからね。

そうなんだよ、姫子さんなんだよ……姫子さんが帰ってきたんだ。

あの日、病室に辿《たど》り着くとそこには目を覚ました姫子さんがいて、『おはようさん』なんて笑ったりしたものだから、僕は思わず彼女を抱きしめて人目をはばからずに泣いてしまったものだ。

ああいう時って言葉なんて全然出てこないんだね、もう何も言えなくてひたすら泣きじゃくるだけの子供みたいになっていた。思い出すと随分恥《は》ずかしい。

それから一カ月ほどのリハビリ期間を経て本日めでたく姫子さんは退院、我が家に帰ってきた。

もうこれで安心だ、そう思って僕はちょっとコンビニと嘯《うそぶ》いて最後の一服を済ませるつもりだったのだけれど……隠し事はできないものだ。

「まさかこんなところにいるとは思わなかったですよ」

「コンビニと逆に向かうの見えたら気になるやろ？」

それで追いかけるどころか先回りするだなんて、なんともくすぐったい。彼女の頬《ほお》が赤いのであえて口にはしなかったけれど。

「別に隠さんでもよかったのに、吸ってること」

言われてギョッとした。

最後の一本はともかく、彼女の前で吸ったことは一度たりともない。もちろん部屋でだって。だから僕が喫煙者にクラスチェンジしたことに姫子さんが気づく要素なんて一つもなかったはずなのに。

「煙草吸いって生き物は、ほんま自分の匂《にお》いに気づかへんもんや。部屋では吸うてへんかったみたいやけど、服に染《し》みついてんねん。それこそキミに抱きつかれて真っ先に感じたんは『ヤニ臭いなぁ』やで？」

僕の恥ずかしい思い出に比べて姫子さんのはひどく現実的だ。

「すいません」

「ふふっ、何に謝ってるんや？　吸ってたことを隠してたことか？　それともそもそも煙草吸ってたことか？　キミは大きなナリしてるのに時々子供みたいなこと言うんやから」

首を左右に振り、彼女は改めてこちらを見上げて、

「ごめんな、幸大《ゆきひろ》くん。うちのせいやもんな、煙草なんか吸い出したん。ほんま、ごめんな」

そう言うと思ったから隠してたんですよ、とは口にしない。それは多分余計に彼女の罪悪感

を強くするし、それが僕の本音の全《すべ》てではないから。

だから、

「かっこ悪いじゃないですか。一人でいるのが寂しくて、煙草吸って紛らわせてたとか。だから隠したかったんですよ。それに姫子さんが帰ってきたらもう寂しくないですからね、だからさっきライターを捨てたんですよ」

理由の半分を１００％として口にする。

たぶん、それは姫子さんにはお見通しなんだろうけれど、汲《く》んでくれたのだろう『そーか』と空をぼんやりと見上げて受け入れてくれた。

「なあ幸大くん」

「はい」

「キスしよっか」

「はい？」

思わず聞き返してしまった。いや、嫌なわけじゃないけれども、なんていうかいきなりだったから。今この流れにそんなロマンチックな空気があったのだとしたら驚きだ。

「キミのヤニ臭いキスなんて、多分二度と味わわれへんやろ？　レアものやんか。やったら、チャンスを逃す手はないやろ？」

人を期間限定商品みたいに。でもまあ、するかしないかと言われたら、するに決まってる。

病院じゃ流石《さすが》にできなかったからね。

「………」

膝《ひざ》を曲げて、唇《くちびる》を重ねる。

ああ、この瞬間が再び訪れたことに感謝だ。重ねた温《ぬく》もりが、絡み合う舌先《したさき》が、姫子さんがここにいるってことを、帰ってきたってことを、改めて教えてくれる。

好きです、大好きです、姫子さん。

「……まっず」

けれど口を離した彼女は猛烈に顔をしかめていて、

「久しぶりのキスやのに、こんなにまずいなんてな……これはうちへの罰《ばつ》やな」

眉《まゆ》をハの字にして苦笑い。

負い目を感じるなと言っても、感じてしまうのが姫子さんだ。これが彼女なりのけじめなのだろう。

ああもう、本当に姫子さんだよ……全く。

「姫子さんがそれでいいならいいですけど、この話題はこれでおしまいですからね？」

「……うちの旦那《だんな》様はほんまに優しいなぁ」

泣き笑いみたいになった彼女を『いいんですよ』って抱きしめて、それからゆっくりと手を引いて家路に向かう。

一年近く寝たきりでいるというのは僕が想像するよりも彼女の身体《からだ》に様々なダメージを与えていて、右足を少し引きずっているし、繋《つな》いだ左手はほとんど力を感じない。医者の話によれ

ば、麻痺《まひ》は日にち薬で治るものだけれど同時に100％そうとも限らない……とかなんとか。

僕はいくらでも姫子さんを支えるけれども、でもやっぱりすっかり元気になってくれたほうがいいと思う。

でもまぁ、そういうことを考えるのは少しだけ休みにしよう。折角《せっかく》姫子さんが帰ってきたんだから、もっとインパクトのある話をしよう。

そう、例《たと》えば……

「そういえば姫子さん。ヤナヒメってあだ名だったんですね」

「……なんでそれ知ってんの？」

小首を傾《かし》げてこちらを見上げる彼女はとても愛らしいけど、もう少しいい反応が欲しいところだ。

「飯島杏子《いいじまきょうこ》さんから聞きました」

「は？？　どこで!?　何でキミとキョーちゃんが会《お》うてんの？　え？　え!?」

予想通りというか、想像以上の反応。彼女には申し訳ないけど、ちょっと楽しくなってしまう。ああ、帰ってきたんだなぁって感じ。

「飯島杏子は僕の元恋人です」

「はぁ!?」

「貴女が眠っている間にお二人が知り合いだと彼女から聞きました。謝罪したいそうです。先日目を覚ましたと連絡を入れておきましたので、程なく一席設けてくるでしょう、仲直りしてください。友達は大切にしましょう」

「え？　えー？」

眠っている間に喧嘩《けんか》別れした友人が自分の夫の前に現れて（しかも二人は付き合っていたときた！）会食のアポをとっていたなんてちょっとしたドラマよりも劇的だ。

そりゃあ目を白黒させもするだろう。

まぁ、この姫子さんの面白《おもしろ》百面相はこれまでずっと待ってた僕へのご褒美《ほうび》ってことで。

「あと、同僚の神原が姫子さんを紹介しろとうるさいのでそのうち挨拶《あいさつ》を。色々と世話になったので断りにくいですが、まあ神原なのでこれについては忘れてくださって結構です」

「友達大切にしろ言うたとこやんね？」

「神原が友達？」

「友達やなかったら逆にびっくりやわ……ちょっと待ってな、いろいろ出てきすぎて頭ごちゃごちゃやねん……」

まあ、神原のことはさておき情報過多なのは間違いない。たっぷり混乱してほしい。

それこそ罪悪感なんて忘れるくらいに。

「はい、じっくりいきましょう。いくらでも時間はあるんですから」

そう、いくらでも時間はある。もちろんそれは１００％保証されるものじゃないけれど、期限つきの頃や、姫子さん待ちだった頃に比べたら格段にのんびりしている。

だったらそれを存分《ぞんぶん》に堪能《たんのう》しようじゃないか。

そんな気持ちで彼女の手をぎゅっ、と握りしめたら、姫子さんは力の入らない左の代わりに、『ん……』と微笑《ほほえ》み返すのだった。


「身体の調子が戻ってからでもいいじゃないですか」

夕食と風呂を済ませば夜の緩《ゆる》やかな時間が訪れる。そこに姫子さんがいる幸せを噛み締めていると、一人の間はどうしていたのかと彼女はのたもうた。

最初は意味がわからなかったけれど赤い顔を見たらピンときた（そして同時にだったら聞かなければいいのにとも）。

誓《ちか》って僕は浮気などしていないし、それどころかおよそ性欲というものをほとんど抱くことはなかった。もちろん、そりゃあ多少の自家発電はあったけど……って何の罰ゲームだこれは？

「若い旦那を女日照《ひで》りにさせるなんて嫁失格やんか。しよ」

言葉そのものは男前なのにものすごく照《て》れているのが姫子さんらしいというかなんというか。でも、退院直後の身体に負担をかけたくなくて僕は丁重《ていちょう》に断ったつもりだったのだけれども、

「うちは大丈夫やから。これは妻の沽券《こけん》に関《かか》わる話や」

と、にべもない。

そんなに片意地はらなくても……と言いそうになって、ふと思う。これは姫子さんなりのお誘いなんじゃないだろうか。退院早々に愛し合いたいと言い出すのが恥ずかしくて、理屈を捏《こ》ねただけなんじゃないだろうか。

そんな考えを後押しするかのように、沈黙する僕を見る目が不安げに彷徨《さまよ》う。

ここで手を出さないのは夫の……いや、男の沽券に関わるというものだ。

「姫子さん……」

それに、僕だっていろいろな前提を取っ払ってしまえば、したいに決まっている。

それなら、

「もう、嫌だって言ってもやめませんからね？」

ここからは全て欲望のまま。つまりは全部、姫子さんだ。

もうヤニ臭くないキスを交わして、ゆっくりと服を脱がせて、ベッドに押し倒して……

「っていうか、でかっ!?」

そんな桃色の雰囲気《ふんいき》を、姫子さんは初めての時と全く同じ反応でぶち壊してくれた。

「凝視《ぎょうし》するの、やめてくれませんかね……」

「いやな？　幸大《ゆきひろ》くんはごぶさたやろけど、うちは寝て起きてやん？　せやから久々って感じでもなかってんけど……なんかコレ見たらさ……あぁ、久しぶりなんやなって……」

まるでサイズを測るように右手を這《は》わす彼女は、性行為というよりは研究者のような面持《おもも》ちでそれを見つめていた。

「そんなことで時の流れを感じないでくださいよ」

言いながら姫子さんをベッドに押し倒して胸に手を這わすと『ん……』と鼻にかかった甘い声が漏れる。

「ごめんな、色気のないヨメで」

「色気を感じてなかったらこうはなりませんし、それに……」

飲み込んだ言葉を誤魔化《ごまか》す代わりに胸先をコリコリと転がす。甘い吐息《といき》と共に小さな身体がシーツに泳いで、僕の企《たくら》みが成功したことを教えてくれた。

『それに、それが姫子さんの照れ隠しだってことわかってますから』——言いかけた野暮《やぼ》なセリフがこれ。僕だって成長しているのだ。

入院で少し痩《や》せた身体はそれでも変わらず柔らかさを保っていて、彼女曰くナイチチな胸も掌《てのひら》の中でふよふよとした弾力でもって応じてくれる。その中で主張してくる尖《とが》りを指先でこねれば、吐息に『んあっ』という声まで乗せて跳《は》ねる。

「姫子さんは十分色っぽいと思うんですよ」

照れているのか、それとも余裕がないのか、真っ赤な顔で息を荒らげることしかできない彼女の胸を弄《もてあそ》びながら、待ち侘《わ》びるように開き始めた太ももの間にもう片方の手を這わすと、

「ひあっ!?」

ぐっしょりと濡《ぬ》れた感覚と、甲高《かんだか》い声が、姫子さんの興奮《こうふん》を伝えてくる。

けれど、ぜえぜえと荒い息を吐きながら胸を上下させる様《さま》は艶《なま》めかしいというよりはむしろ心配になるレベルで……

「ほら、やっぱり無理するからですよ」

途中でやめるつもりないと口にはしたけれど、僕はいつだって姫子さんが最優先だ。彼女の

体調が優《すぐ》れないのであれば、断腸の思いで鞘《さや》に収めることだって辞さない。

言いながら彼女を抱き起そうとすると、

「ちょ、待って、大丈夫やからっ！」

その手を姫子さんが摑《つか》んでくる。

「いやいや、めちゃくちゃ息が上がってるじゃないですか」

「ちゃうねん、大丈夫やからっ。ほんま大丈夫やねんって、ちゃうねん」

「無理はよくないですってば」

「……ちゃうねん。ちゃうねんって」

唐突《とうとつ》に、『ちゃうちゃうちゃうんちゃう』の意味がわかれば関西弁を理解できるようになった証拠だっていう与太話《よたばなし》を思い出すくらい、姫子さんは『ちゃうねん』を繰り返す。

相変わらず顔は赤い。けれど、よく観察するとこれは不調というより……羞恥《しゅうち》？　それこそさっき『幸大くんは、そのぉ……一人の間はどうしてたんや？』と聞いてきた時のような。

「……ええと」

つまり、息が上がっているのは体調不良なんかじゃなく、久しぶりの性行為でいつもよりも感じすぎてしまったからで、それを口にするのが恥ずかしくて、彼女はチャウチャウになってしまった……と？

「大丈夫、なんですね？」

あえて口にはしない。ただ、問いかける。すると姫子さんは僕に伝わったと気づいたのだろう、ますます顔を赤らめることで正解だと教えてくれる。

「んんっ!?」

気づいたら、彼女の唇を貪《むさぼ》っていた。だってそんなの、可愛《かわい》すぎるじゃないですか……反則ですよ姫子さん。

驚く舌先を押さえつけるように弄びながら、中断していた胸先と秘裂《ひれつ》への愛撫《あいぶ》を再開すれば、悲鳴のような嬌声《きょうせい》が僕の喉奥《のどおく》に流れ込んでくる。

これは姫子さんが悪いんですよ？　性欲なんてとんとご無沙汰《ぶさた》だったところに、こんなに可愛らしい反応をされちゃあ、こっちだってたまらなくなる。

「ぷはっ……」

唇を離すと、そこにはトロトロに溶けた姫子さんがいた。

瞳《ひとみ》は蕩《とろ》けて涙を幾筋《いくすじ》も零《こぼ》し紅潮《こうちょう》した頬を濡らしていて、半開きの唇からは甘い吐息と涎《よだれ》が零れ落ちる様は、すっかり出来上がったというよりはやりすぎちゃったんじゃないかって心配になるくらいだ。

「幸大くんのあほぉ……」

気遣《きづか》いを忘れたことになのか、恥じらいを見せた瞬間に責められたことになのかはわからないけれど、彼女の言葉が照れ隠しであることはもう十分に知っている。

「やっぱり姫子さんとこうするのは、幸せです」

本心からそう告げると、彼女はもう一度『あほ』と呟《つぶや》いて次を求めるように僕の腕に右手を這わす。

「……」

分身を割れ目にあてがう。そこはもう十分すぎるくらいに濡れそぼっていて、押し込むとまるで迎え入れるように飲み込んでいく。けれど、それでもスムーズにとはいかない。いやむしろ……前よりもきつい。

「んっ、あっ……んあっ……！」

奥へ進むたびに、抱きつくかのように膣内《ちつ》が絡《から》みついてきて……セックスって、ここまで気持ちのいいものだったっけ？　って思えてくる。

「ふぁ……くふぅ……あはは、こういうときっておかえり、って言うんかな？　それともただいま、かな？」

漸《ようや》く奥まで辿《たど》り着くと、姫子さんはそう言って笑った。

「それはなかなかに難しいところです」

どちらともなく三度目のキスを交わす。そうするのが自然で、そうしたかったから。こんなにも繋《つな》がっているのに、なおさらお互いを確認したかったから。それくらい、僕らを隔《へだ》てた時間は大きくて、そして愛《いと》しさを膨《ふく》らませていたんだ。

「んっ、ふっ……ひあっ!?」

唇を交わしながら少し動かしただけでこの反応だ。本当にびっくりするくらいに敏感になっているらしい。そしてそれは僕も同じこと。キュウキュウと締めつけられると、頭の先まで電気が走ったみたいになって思わず果てそうになる。もちろん、ずっとこのままでいたいから全力で我慢《がまん》するけれども、揺れるたびに小さく絶頂を迎えている彼女は少々辛《つら》そうに見えた。けれど僕が手心を加えようとすると、姫子さんは腰をくねらせて僕を責め立てる。『ここまできて気ぃ遣うもへったくれもあらへんやろ?』と謂《い》わんばかりに。

「あっ、ひぐぅ！　ゆ、幸大くんっ、幸大く……んんっ！」

何度も何度も僕の名を呼ぶ。涙を散らして、愛しげに、何度も何度も。

それが嬉しい。

名を呼ばれることが、この人がここにいることが。

「姫子さん……愛しています。姫子さん……」

だから僕も、心のままに名前を呼ぶ。愛しい人の、愛する人の、代わりの利《き》かないたった一人の名前を。

僕らの名前と、肉のぶつかる音と、粘着質な水音が世界の全てかのよう。

「んあっ、ひっ、んきゅうう！　な、なぁ、幸大、くん。あのっ、もっと……ぎゅっって……」

言われなくたってそのつもりだった。その言葉とほぼ同時に僕は姫子さんを強引に抱き起して、対面座位の形で彼女を抱きしめる。小さくて、細くて、愛しくてたまらない身体を、壊れないように、けれど決して離さないように、強く、強く。

「んっ、好きっ、好きぃ……」

目の前で揺れる彼女が嬉しそうに笑う。それにつられて僕も笑う。夫婦は似るようになるっていうけれど、だったらこうやってずっと笑っていられたらいい。

「あっ、あっ、あっ……んあぁぁぁっ！」

また軽く絶頂を迎えたのだろう、姫子さんの嬌声と共に膣内がぎゅっ、と締まる。

僕もそろそろ限界に近い。

「ちょっと、乱暴になるかも。すいません」

左手が麻痺している以上、僕にしがみついたままというのは難しいだろう。だから僕は彼女を抱き寄せたまま強引に動く。

「んあぁぁっ!? ひあっ、んっ、あっあっあっぁっ!!」

悲鳴に近い嬌声。けれどそれは僕を求める声。だから僕は止まらない、止められるはずがない。ぱちゅぱちゅ、と肉のぶつかる音が加速して、愛しさのままに欲望のままに、解き放つ。

「あっ、ふぁ……あぁぁぁぁぁぁぁぁぁぁぁぁ！」

ドク、ドクッ、と自分でも驚くくらいの量が解き放たれて、耳元でこれまでの時間を吹き飛ばすくらいに突き抜けた声があがって、部屋に静寂《せいじゃく》が訪れる。聞こえるのは僕の……いや、僕らの荒い息ばかり。

あぁ、独《ひと》りじゃない。もう独りじゃないんだよ、僕は。

「ははっ……あはは、なんで泣いてるんよ」

気がつくと、姫子さんが目の前で笑っていた。正確には息の上がった真っ赤な顔からポロポロと涙を流して……それでも、笑っていた。

「……姫子さんこそ」

二人揃《そろ》って泣き笑い。

理由なんてわかりきっていて、だからこそそれでいい。

二人一緒で、それでいいのだ。


「やっと、ちょっと実感したかも」

なんとなく離れがたくてベッドの上でじゃれあっていたら、姫子さんはそう笑う。

「実感?」

「うちが眠りこけてる間に年取ってもーたこと」

裸《はだか》の足をばたつかせながら『貴重な20代が～』とおどけてみせる様はちょっと可愛らしい。

「ちょっと幸大くんが大人っていうか……そのぉ、かっこよくなったたん見てな? 時間が流れてんなぁって」

顔を赤らめながらもストレートに褒めてくれるのは姫子さんの美点だけれども、なんともむず痒《がゆ》い。そもそも僕は何か変わっただろうか、正直よくわからない。

「うちも上手《うま》いこと言えへんねんけどな? そうやねん。苦労かけてもうたんやなぁ、っておばちゃんは思うわけ。あ、負い目とかそういうのは禁止なんはわかってるで?」

「二つしか違わないでしょ」

定番のツッコミが何だか嬉しい。こういった時間は確かに久しぶりで、確かに時が過ぎたのだと改めて実感させられる。きっと姫子さんが感じたものもこういった類《たぐい》なのだろう。

ああ、この時間がずっと続けばいい。そう、これからもずっとだ。

「ねぇ、姫子さん」

そんな思いが僕に自然と口を開かさせていた。

「んー?」

「姫子さんはしたいことはないですか?」

1年の空白は埋めようがないけれど、未来はずっと白紙のままだ。だったら、姫子さんとそれを埋めていきたい。

「明日したいことでもいいです。1年後、2年後、10年後だっていい。僕はそれを叶えたい」

姫子さんはぽかん、と口を開けて僕を見て、それから、

「あほ。どんだけ無欲やねんキミは」

「へ?」

「キミ、うちのこととなると自分のこと忘れるやろ? 幸大くんは、どないしたいん? うちは姫子やけど、お姫様とちゃう。蝶《ちょう》よ花よと大事にされ過ぎるんはくすぐったいわ。キミと一緒に歩きたいんや」

ガツンと頭を殴られたような驚きと、姫子さんらしいなって安心が半々くらい。

参ったな、僕ってば姫子さんが帰ってきただけで御《おん》の字だって人間に成り下がっていたのか。男として、夫として、姫子さんと過ごしていくのはこれからだっていうのに。

「すいません」

「謝らんといて。キミが優しいのは、ようわかってんねんから……」

包み込むように、甘えるように、姫子さんの手が僕の頬に触れて……僕はそれに応《こた》えるようにぎゅう、と抱きしめる。

小さくて、柔らかくて、何ものにも代えがたい温もり。

ああ、そうだ。これからはこれが当たり前で、当たり前のままでいられるようにしなくちゃいけないのだ。

だとしたら僕は、

「僕のしたいことは……そう、きちんと結婚式をしたい、ですかね」

手術を前にバタバタと入籍をして済ませただけだ。それで終わり、というのは法律が許しても僕は寂しい。

「……それはウチのため？」

「いえ、それもありますけど、大部分は僕の欲ですよ。ウエディングドレス姿、綺麗でした。あれを写真だけで終わらせるのは勿体《もったい》ないです。皆にも見せたいんですよ」

姫子さんの顔に朱《しゅ》が差して、『あほちゃうか』って目を逸らす。ああ、可愛いなぁ。

「それにね、僕なりのケジメなんですよ。姫子さんの夫になるんだ、夫婦になるんだって。じゃあ今は自覚がないのかっていうとそんなことはないんですけど、こう……気分的に」

うまく言えたかはわからないけれど、嘘偽《いつわ》りのない正直な気持ちだ。

「そっか……うん、ええと思う」

何か引っかかる返事の姫子さんに僕は首を傾げる。まあ、これは僕の望みだから噛み合わないところもあるだろうけれど、この反応は想像していなかった。

「いやね……入院費で迷惑かけてんのに、またお金かかる話やなぁって」

申し訳なさそうに苦笑する彼女を見てちょっと安心する。

「現実的な理由でしたか」

「結婚式しよって言われて嫌がるかいな。ほな、早いこと再就職せんとなぁ」

『さっさと動くようになってもらわんとなぁ』と左手を揺らしながら姫子さんは笑って、

「ほな、うちも一つ、いろんなことから目を瞑《つむ》って言おうかな」

と、こちらを見上げる。ええ、なんなりと。

「子供、作ろ？」

その時の僕の気持ちをなんと表現すればいいだろう？　そんなの反則だ。嬉しくないはずがない。僕の願いなんて吹き飛ぶくらいに、素敵《すてき》なことだ。

「うちのビョーキが再発するかもしれん、お金かてかかることや、でもそんなんすっとばしてな？　やっぱりキミとの子供が欲し……痛い痛い痛い！」

思わず抱きしめる腕に力が入ってしまったらしい。姫子さんの悲鳴に慌《あわ》てて手を離す。

「あほみたいな顔して」

「そりゃあ嬉しいですから」

　名前は何にしましょうかと気の早すぎる言葉をなんとか飲み込んでそう返すと、彼女は呆《あき》れ顔だ。

「その夢、絶対に叶えましょうね。僕、頑張りますから……いや、違うな、二人で頑張りましょう」

　白紙の未来に色がつく。

　他愛ない夢だ、よくある話だ。

　けれど、それを形にするのはいつだって大変で……だからこそ一人じゃなくて、二人なんだと思う。

　そりゃあ僕だけでなんとかできるならそうしたいのだけれど、情けないことにそんな甲斐性《かいしょう》はなく、嬉しいことに姫子さんはそれを許してくれない優しい人だから。

「愛しています、姫子さん」

「うん、好きやで……幸大くん」

　だから二人で歩いていこう。

　ずっと、ずっと……

13 大木さん。

結婚式というものがどれだけ大変なものか、これは身をもって体験しないとわからないものだと思う。

式場選びから招待客の選定、スピーチ役だの友人代表だのetc…、実に多岐《たき》にわたる準備が必要で、苛立《いらだ》ちのままに姫子《ひめこ》さんと喧嘩《けんか》をした時なんかは一体何のための準備なのかと心底《しんそこ》思ったものだ。

けれど、いざ始まるとなればあとはなすがままだ。むしろ今が一番安らかかもしれない。ウエディングドレスの花嫁に比べて、タキシードの花婿《はなむこ》は着替えに時間がかかるものでもない。こうして待合室で手慰《てなぐさ》みに新聞を広げるくらいのことはできるってものだ。

紙面には、先日オリンピックの陸上女子１００ｍで金メダルを取った選手が同性愛を告白したという記事が躍《おど》っていた。好きな人同士で結婚できないのはおかしいだとか、カナダに移住するだとか（へぇ、カナダって同性婚が認められてるんだ、初めて知った）、日本中全部渋谷《しぶや》区になっちゃえとか……後半の方はちょっと理解できないけれど。

デリケートな話題ながら記事が好意的なのは、金メダルを取った故《ゆえ》かそれとも彼女の底抜《そこぬ》けに明るい笑みにほだされたのか。

「愛だねぇ……」

いずれにせよ、愛《いと》しいと思う気持ちに違いなんてありはしない。誰だって、愛して愛されてそれを認めてもらいたいものなのだ……世界が好転することを切に願う。

「新郎様、新婦様の準備が終わりましたので」

「あ、はい」

ノックの音に新聞を置いて出迎えると、

「お待たせ」

そこにはあの日と同じウエディングドレス姿。

「綺麗《きれい》です」

にやけそうになるのを堪《こら》えながらそう言うと、彼女も顔を真っ赤にしてはにかむ。

「それでは入場までしばらくお待ちください」

スタッフの言葉に頷《うなず》いて見送ると、

「人前で言うのはやめぇや」

と小突《こづ》かれた。

「すいません、嬉《うれ》しくてつい」

そう答えるともう一度小突かれた。なかなかに難しい。

「それにしても、いよいよやね……」

「はい。いよいよです」

あれから数年。

姫子さんの病気が再発することもなく、身体《からだ》の麻痺《まひ》も注意深く観察しないと気づけないくらいには快方に向かっている。無事に再就職した彼女と一緒にお金を貯《た》めて、ハワイで挙式とはいかなかったけれどようやく漕《こ》ぎつけたのが今日この日だ。

「あっという間やったような、長かったような……でも、これで一つ目標達成やね」

感慨《かんがい》深く溜息《ためいき》をつく彼女の横顔はいつも以上に綺麗で、たまらない気持ちになる。

「はい。次は姫子さんの番です」

そのための準備……というか子育てに入ってもそれなりになんとかなる経済力は手に入れたつもりだ。

「あはは……」

急に姫子さんが笑い出して少し驚く。何か変なことでも言っただろうか？

「いやな？　終わるまで黙ってようと思ってたんで？　けど、キミがそんなこと言い出すから……いつまでも黙ってられへんやんか」

何の話ですか？　と首を傾《かし》げるほど僕だって馬鹿《ばか》じゃない。この話題、この流れ……だとしたら答えは一つしかない。

「……ここに、いるんですか？」

驚くほど震えている指先で彼女の腹部を指差すと、

「せやで。病院いかんと本決まりやないけど……おるらしいわ、ここに」

優しく、慈《いつく》しむようにそこを撫《な》でてはにかむ。

ああ、なんてことだ！

「姫子さん！」

気づいたら思い切り抱きしめていた。

だってそうだろう？　こんなに嬉しいことを前に冷静でいられるわけがないじゃないか。

「こらぁ、セットが崩《くず》れるやろうに……」

「こんなタイミングで言った姫子さんが悪いんですよ」

本当だったらキスだってしたいくらいなんだ。口紅《くちべに》が落ちるから、と冷静になっただけでも褒《ほ》めてくれていいくらい。

「ええんかな？　こんなに幸せで」

「当たり前でしょう。どうしました？　今更《いまさら》マリッジブルーですか？」

そう言いたくもなる気持ちもわかる。けれど、だからこそ僕は否定しなくちゃいけない。

僕たちの『これから』はまだ始まったばかり、これからきっと辛《つら》いことも幸せなことも沢山《たくさん》起こる。しかも僕らは一度死別の瀬戸際《せとぎわ》まで落ち込んだんだ、これくらいの幸せじゃあまだ足りない。

「これくらいの幸せがデフォルトじゃないと、釣り合いが取れないじゃないですか」

そう、僕らはもっと欲張っていいはずなんだ。

ね？　と姫子さんを見つめると、ディープグレイの瞳《ひとみ》が煌《きら》めいて、

「せやなぁ……キミの言う通りや。うちとしたことが、関西人ががめつなかったらどないすんねんって話や」

と笑う。

そう、その意気です。

「大木《おおき》様、式の準備が整いました」

ノックと共に式場スタッフの声。

「よっしゃ……行こか、幸大《ゆきひろ》くん。めっちゃハッピーになるで」

花嫁というよりは戦国武将みたいに勇ましく立ち上がる彼女は、なんというか……初めて会った時と変わらない心地よさがあった。

「ええ、もちろんです。次は3人で幸せ家族です」

笑いあって、部屋を出る。

あとはもう、幸せへの一本道。


チャペルの扉が開き、赤絨毯《じゅうたん》を真《ま》っ直《す》ぐに抜けて壇上へ。振り返れば、お義父《とう》さんと腕を組んでバージンロードを歩く姫子さんの姿。

一歩、一歩、僕に向かって幸せが近づいてくる。

この時間を僕は生涯《しょうがい》忘れない。

そして、何があろうとこの幸せを離さないと誓《ちか》おう。
お義父さんの手が離れて、幸せの手がこちらに伸びる。

ああ、姫子さん。
僕は幸せ者です。
きっと貴女《あなた》もそうだ。
だったら……
次はどんな風に幸せになりましょうか？

あとがき

はじめまして、反響体《はんきょうたい》X《エックス》と申します。この度は『小柳さんと。』を手に取ってくださりありがとうございました。世の中には無限の物語がある中でこの一冊を手にしていただけたことは、作者としてはこの上ない喜びであります。深く感謝を。

さて、憧《あこが》れの作家デビューということで、あとがきを仰《おお》せつかったわけですが、はてさてなにを語ればいいのやら。

めちゃくちゃ憧れてたんですよ、作家デビューしてあとがきを書くの。

対談形式にする？　思いっきり自分語りを？　それとも全然関係ないことを？　なんて夢想していたころもあったんですが、いざ書くとなるとなかなか思い浮かばないものです。少々年を重ねすぎたのかもしれません。

そう、ここまで結構長かったんですよ。

忘れもしない中学2年。私の小説家としての第一歩は20×20の50枚綴《つづ》りの原稿用紙から始まりました。

当時流行《はや》っていたドラゴンが跨《また》いで通る魔法使いの小説にドはまりした私は『俺も何か書く！』と、一念発起《いちねんほっき》したわけです。

私には悪癖《あくへき》がありまして、好きなものに対して消費する側から作り手の側になりたくなってしまうんです。小説以外にも二次創作ＳＳや動画投稿に走ったこともありましたし、時代が違えばYouTuberやVTuberになろうとしていたかもしれません。

さて、そんな中坊は愚にもつかない物語を書き、夏休みを浪費して新人賞に応募したり、将来は小説家になると親に豪語してボロクソに泣かされたりと、わかりやすい思春期を過ごしました。

幸い、読んでくれる友人なんかもいて、中高と完結したりしなかったりしながら小説を書き……まぁ、青春だったよね、とフェードアウトしていた感じでした。あ、個人ＨＰで公開とかもしてましたね、時代ですね……何もかもが懐《なつ》かしい。

その後、転機がいつだったかはわからないのですが、Ｗｅｂ投稿サイトがあることを知り、『1話でも投稿してしまったら絶対続きかかないといけないから、いい意味低いモチベでも書き続けられるぞ』と書き始めたのが今に続いてるって感じです。

そもそも小説ってものは紙と鉛筆さえあれば始められるこの世で最も安上がりな創作の一つです。辞めるのも再開するのもとっても簡単です。

そんな感じでブランクは多くあるのですが苦節〇十年、やりたがり、作りたがりのクソガキはこうして作家になったというわけで、人生わからないものです。あの頃の私よ、おめでとう。

スタンスはただ一つ、『自分が面白《おもしろ》いと思えるものを書くこと』、そして『それで誰かが喜んでくれたらなおよし』。

とても独《ひと》りよがりなスタンスですが、それがこうして本になる機会を得られたのは幸いであります。

『小柳さんと。』は2018年1月12日から2020年9月17日にかけてノクターンノベルズに投稿した作品であります。

マジか、もうそんなに経《た》ってるの？

執筆に2年かかったというよりはラストの4エピソードに2年かけてしまうという暴挙があっただけなのですが、当時最後まで追ってくださった方には感謝しかございません。

そんな本作がダッシュエックス文庫の『第1回オトナの小説大賞』にて銀賞をいただき、こうして本になっている次第《しだい》であります。

世の中にはあとがきから読む派閥《はばつ》の人がいるとのことなのでどこまで語るか悩ましいところですが、『方言女子をヒロインにして書こう』『関西弁ネイティブだから書くとしたら関西弁女子だな』くらいの軽いノリで書き始めたことは確かです。

別に深遠なテーマなんてありません。ただ、なんとなく愉快《ゆかい》で、なんだかんだ大変で、なんとはなしに幸せな話を書きたかったんです。

この物語を読んであなたがどのように感じたか、私にはわかりませんが（感想とか送ってくれていいのよ?)、小柳《おやなぎ》さんと大木《おおき》くんが心の片隅《かたすみ》に残ってくれたら嬉《うれ》しいなぁと思うばかりです。


さて、それでは謝辞を。

まずは集英社様へ。今回の受賞及び出版の機会を与えていただきありがとうございました。お陰様で作家デビューができました、私を見つけていただき光栄至極《しごく》であります。

次に、この本を作り上げて下さった編集の後藤《ごとう》さんに感謝を。出版に至《いた》るまでのいろはなど何一つ知らない素人《しろうと》に辛抱《しんぼう》強くお付き合いいただきありがとうございました。いろいろ勉強になりました。

さらに、イラストレーターのpon《ポン》様。イメージするだけだったキャラクターたちに命を吹き込んで頂きありがとうございました。ラフから完成に至るまでを見る機会はなかなかないもので、こんな変わっていくのかと魔法を見ているようでした。小柳さん、かわいい。本当にありがとうございました。

そして、編集・販売・営業などこの本に関《かか》わってくださったすべての方々に感謝を。私の物語がこうして本になっているのは皆様のおかげです。

最後に、読者の皆様へ。投稿時からの方、そしてこうして本を取ってくださっている方、数ある物語の中から拙作《せっさく》を読んでいただき本当にありがとうございます。有限の人生の中で私の物語に時間を割いていただいたこと、幸せに思います。そしてその時間が無駄ではなかったと思っていただけたなら、さらに嬉しいです。

それでは、次の物語でお会いしましょう。また手に取っていただけることを信じて。

反響体X

この作品の感想をお寄せください。

あて先　〒101-8050　東京都千代田区一ツ橋2-5-10
集英社　ダッシュエックス文庫編集部　気付
反響体X先生　pon先生